行動心理捜査官・楯岡絵麻
vsミステリー作家・佐藤青南

佐藤青南

目次

行動心理捜査官・楯岡絵麻vsミステリー作家・佐藤青南

第一章

創作は模倣から始まる

1

まったく、なんでおれがこんなことを――。

西野圭介《にしのけいすけ》は湯が紙コップに落ちる音を聞きながら、内心で独りごちた。あらかじめ紙コップに入れておいたティーバッグから、緑茶の成分がじわりと染み出して透明の湯を不穏な色に染める。まるで自分の心にかかる靄《もや》のようだと、西野は思った。

ポットの給湯ボタンから指を離し、目線の高さまで紙コップを持ち上げる。外側に垂れた紐《ひも》をつまみ、ティーバッグをゆらゆらと揺らした。

そうしながら、頭の中で秒数をカウントする。
一、二、三、四……。
「十八、十九」

背後から聞こえてきた女の声に、カウントを邪魔された。
二十、二十一……あれ、違う。たしか五まで数えた。あれから何秒か経過したから、八ぐらいから数え直すか。
八、九……。
今度は男の声。

「二十、二十一」

二十二、二十三……じゃなくて！

って、なんなんだよ！　こんなときに紛らわしい遊びしやがって！

結局いくつまで数えたかわからなくなったので、適当なタイミングでティーバッグを取り出した。

二つの紙コップを両手に持って、くるりと振り返る。

その瞬間、これぞ「ザ・猫なで声」という感じの、女の声が聞こえた。

「三十！　あーん、私の負け！」

ひややかに細められた西野の視界には、ジャケットを着た女の背中が映っている。女は両手を自分の頬にあて、くねくねと身体《からだ》を揺らしてしなを作っていた。その動きに合わせて、肩の下あたりまでのばしたゆるふわパーマの毛先がリズミカルに揺れる。

「な。いっただろ。三十をいったら負けゲーム、ぜったいにおれが勝つって」

女の肩越しに、男の得意げな笑顔が見えた。

男は床屋ではなく自分で切ったような短髪に、よれよれのネルシャツとカーゴパンツという冴《さ》えない風貌だった。最初は真《ま》っ青《さお》な顔で視線も落ち着かなかったというのに、わずか十五分ほどでケタケタと甲高《かんだか》い笑い声を響かせるようになった。

リラックスしすぎ。自分の家かよ。

リラックスすること自体は、悪いことではない。

一般的には。

問題は、この場所が一般的ではない、リラックスとはほど遠い場所であることだった。

「必勝法があるんだ」

そういって得意げに鼻の下を擦《こす》るこの男は、岸裕久《きしひろひさ》。二十九歳。こう見えて殺人事件の重要参考人。

「必勝法？　そんなのあるの。教えて」

そういってデスクに身を乗り出す女は楯岡絵麻《たておかえま》。自称二十八歳。実年齢は非公表だが、三十代に突入した西野より上。こう見えて警視庁捜査一課所属の刑事。

そう。この場所は東京都千代田区《ちよだく》霞が関《かすみせき》、警視庁本部庁舎の取調室だった。

いまは殺人事件の取調中なのだ。西野は出入り口の扉の横に設置された簡易給湯セットで、二人ぶんの茶を淹《い》れたところだった。

三畳ほどの狭い空間の中央にデスクが置かれていて、そのデスクを挟んで刑事と重要参考人――つまり楯岡と岸が向き合っている。

本来ならば緊張感あふれるシチュエーションのはずが、なぜだか対峙《たいじ》する二人の間には親密な空気が流れていた。二人を隔てるデスクがなかったら抱き合ってしまうのではないか。そんな危うい気配が漂っている。

もっとも、こんなのはいつものことだけど。

でもいつまで経《た》っても、慣れないんだよな。

そんなことを考えながら、西野はデスクに二つの紙コップを置いた。乱暴な置き方をしたせいで、紙コップの中で茶が大きな波を作る。かろうじて茶がこぼれることはなかったが、

「なに、あんた。機嫌悪いの」

楯岡に鋭い横目で睨《にら》まれた。重要参考人にたいするのとは、別人のような刺々《とげとげ》しい声だ。

「別に」と応じる口調に不機嫌が表れたのが、自分でもわかった。しまった、と思うが、おれは悪くないと開き直る。だってどう考えてもこの扱いは理不尽だ。これじゃ誰が取り調べを受けているのか、わかったものじゃない。

楯岡が片眉を持ち上げた。その視線の鋭さに、胃がきゅっと絞り上げられる。なにしろ顔立ちが整っているだけに、怒ったときの威圧感がすさまじい。

まさしく『エンマ様』――それは絵麻という下の名前をもじってつけられた、警察内部での楯岡の通り名だった。

しかし、恐れていた爆発は回避された。

「まあ、いいわ。さっさと仕事に戻って」

なんだよ、偉そうに。

西野は壁際の席に向かい、椅子を引いた。そこにはノートパソコンが開いてある。

西野の任務は、取り調べの記録係だった。ほかの刑事では楯岡のイレギュラーな取り調べについていけないらしく、いつの間にか楯岡専属の記録係にされた。

かといって、自分がついていけているかは微妙なところだが。

「ごめんなさい。感じ悪かったでしょう」

楯岡が猫なで声に戻る。

感じ悪いのはどっちだよ。

「いいや。まあ、ケーサツといったら、だいたいあんなイメージだし」

あんなイメージってどんなイメージだ。詳しく聞かせてもらいたいもんだ。場合によっちゃ、ただじゃおかないけどな。

西野は身長一八五センチの長身に、大学までの柔道で鍛え抜いた筋肉の鎧《よろい》をまとっている。現役を離れてからはほとんど道場に足を運べておらず、さすがにこのところ脂肪の肉襦袢《にくじゅばん》の厚みも増してきたが、そこらのチンピラなら、三、四人を同時に相手にしても怯《ひる》まない程度には、腕っぷしに自信があった。

「ほんと、警察って、とくに刑事っていう人種は、やたらと高圧的な人間が多くて嫌になる。法の執行者という立場にいると、権力を自分のものだと錯覚するようになるのかもしれないわね」

　誰が高圧的だって？　めちゃくちゃブーメラン刺さってませんかね。

「権力は人を変えるっていうからね。しょうがない部分はある。それに不愉快な思いをさせられるのは嫌だけど、いろいろな人を観察できるという意味では、この経験もいい取材になるかな。小説家はいろんな経験をしないといけないから」

　おまえ、自分の立場わかってんのか。

　アホ！　アホ！　このアホ！

　不思議なことに怒りが増せば増すほど、西野のタイピングは素早く正確になっていくのだった。

「そういえば、ヒロくん、小説を書いてるっていってたわね。プロの小説家を目指しているって。すごいわね」

　ヒロくん？　ヒロくん？　なんて呼び方してるんだ。彼氏かよ。どうなってんだよ、まったく。

「目指しているだけだよ。まだぜんぜん結果は出ていない」

　おまえなんか一生日の目を見ないよ！　っていうか、この場で逮捕されて終わりだっての！

「どんなの書いてるの？」

「ミステリー」

「ミステリーかあ」

「ミステリーは読む？」

読まないよ。ってか、おまえの書いた素人《しろうと》小説なんて、どんなジャンルであろうと興味ねえし！

「あんまり読まないかなあ」

ほら見たことか。楯岡さんも読まないってよ。調子に乗るな。バーカ、バーカ。

「そっかあ。それは残念だな。楯岡さんとは話が合うと思ったのに」

冗談だろ？　おまえは女子が話を合わせてくれてるのにも気づかないのか。

そのとき、

「西野！」と尖《とが》った声が飛んできて、びくっと身体が震えた。

振り返ると、紙コップを持った楯岡がこちらを睨んでいる。

「なんですか」

「なんですか、じゃないわよ。なにこれ」

紙コップを突き出された。

「ティーバッグをお湯の中で揺らして二十五秒って、いったわよね」

自分の頬が強張《こわば》るのがわかった。

たしかにいわれたし、二十五秒カウントしようとした。

でもそれができなかったのは、あなたたちが「交互に三つまで数字をカウントしてい三十をいったら負け」というゲームをやっていてカウントを邪魔されたからだし。

っていうか正確に二十五秒じゃなかったからって、味の違いがわかるのかよっ！

「こんなの、飲めたものじゃない。作り直して」

わかるらしい。

西野は無言で立ち上がり、楯岡の紙コップを回収した。

「ヒロくんのも」

いわれると思った。

岸の紙コップも回収し、給湯セットに向かう。

「ごめんなさい。せっかく来てくれたのに、あんな不味《まず》いお茶を出しちゃって。すぐに淹れ直させるから」

「いや。別に。そんなに不味くはなかったし」

そうだよな。味の違いなんて、普通わからないよな。

「ヒロくん。やさしいんだ」

あなたはやさしくないですけど。後輩にたいして冷凍庫並みに冷たいですけど。

新しい紙コップに緑茶のティーバッグを入れ、ポットから湯を注ぐ。

「ねえ、さっきの三十をいったら負けゲームの必勝法ってなに？」

「簡単だよ。まずは先攻をとって一をいう。それから五、九、十三、十七という感じで、四の倍数プラス一の数字をいうようにするんだ。そうやって自分が二十九をいうように誘導すれば、相手は三十をいわないといけない」

「先攻を取ったら勝ちなの？」

「先攻を取った上で、四の倍数プラス一を意識すればいい」

そんなのおれだって知ってるし。ドヤ顔でいうことか。

湯を注ぎ終えた紙コップの中で、ティーバッグを揺らす。
一、二、三……。
「そうなんだ。ちょっとためしにもう一回やってみましょうよ」

え。嘘《うそ》でしょ。

「かまわないよ」

「今度は私が先攻ね。一」

待て待て待て。

「二、三」
六、七……。

「四、五」
八、九……。
「六、七、八」
九、十……って、待て待て待て待て待て待て！　いまおれ、九を二回数えなかったか？
「九、十、十一」
十二、十三……あれ？　十と十一を数えていない。
西野は紙コップの中でティーバッグを揺らしながら叫び出しそうだった。

2

楯岡絵麻はデスクに置かれた紙コップを手に取り、茶を一口啜《すす》った。

うん。美味《おい》しい。

「やればできるじゃないの」

西野は仏頂面で自席に戻っていった。三回も茶を淹れ直させられ、相当頭にきているようだ。

「今度のは間違いないと思うから、飲んでみて」

岸が紙コップを口に運ぶ。

「どう？　美味しいでしょう」

「美味しい」

信じられないという顔で、紙コップを見つめた。

「西野はお茶を淹れさせたら警視庁でもピカイチなの。ここまで美味しいお茶を淹れられる刑事は、ほかにいない。それ以外には、とくに役に立たないんだけど」

後頭部に恨めしげな視線が刺さっているのは気づいていたが、あえて無視する。

ちらりと腕時計に視線を落とした。取り調べ開始から二十分が経過している。

そろそろか。

「ところでヒロくん――」

「なに」

岸がデスクに肘《ひじ》をつき、身を乗り出してくる。

「あなたが殺したの」

目の前の重要参考人は、電池が切れたように硬直した。

絵麻はデスクに両肘をつき、両手の指同士を合わせた。

『尖塔《せんとう》のポーズ』と呼ばれるこのしぐさは、自信にあふれた心理状態を表す。絵麻にとって攻撃開始の合図だった。

「え。なに?」

ようやく我に返った岸が、訊《き》き返してくる。

「殺したんでしょう?」

再度の問いかけへの返事は、しきりに瞬《まばた》きを繰り返すしぐさだった。

この反応は無理もない。

初頭効果《しょとうこうか》。人間の第一印象は、初対面の三分間で決定づけられる。そして初頭効果で植えつけられた第一印象を脳が覆すのには、時間がかかる。

刑事らしからぬ親しげな態度で接してきた絵麻を、岸の脳は完全に味方だと認識している。急に疑いを向けられたところで、それが自分への攻撃だと、にわかには信じられない。

「きみが殺した。そして被害者の返り血の付着したパーカーを、ゴミ袋に詰めて捨てた」

さすがに状況を理解したらしい。岸の表情がみるみる険しくなる。

「そういうことか」

「そういうこと」

「あんたも結局、ほかの刑事と一緒なんだな」

「むしろなんで違うと思った? ここをどこだと思ってるの?」

微笑《ほほえ》みかけると、忌々《いまいま》しげに顔を歪《ゆが》められた。

絵麻はデスクの隅に置いていた捜査ファイルのバインダーを開き、そこから一枚の写真を取り出した。ポラロイド写真だった。胸から腹にかけて、どす黒く染まった灰色のパーカーが写っている。

岸に見えるよう、ポラロイド写真を滑らせた。

「このパーカーはきみのもの。きみが捨てたもの」

事件が発生したのは、二週間前の午後九時過ぎのことだった。

練馬《ねりま》区小竹《こたけ》の路上でスーツ姿の男が倒れているのを、近所の住民が発見した。男は発見された時点ですでに絶命しており、遺体の背中には、鋭利な刃物で刺されたような傷が十二か所もあったという。犯人は背後からいきなり被害者を刺し、被害者がうつぶせに倒れた後も、馬乗りになって刺突《しとつ》を繰り返したとみられる。

所持していた身分証から、被害者の身元はすぐに判明した。田中和生《たなかかずお》、三十八歳。新宿《しんじゆく》の私立高校に勤務する国語教員で、自宅は現場から五分ほど歩いたマンションだったため、職場からの帰宅途中に襲われたとみられる。

ここ二年の間に、都内では散発的に似たような手口の通り魔殺人事件が発生していた。二年前の渋谷《しぶや》区幡ヶ谷《はたがや》を皮切りに、一年半前に江東《こうとう》区東砂《ひがしすな》、八か月前に品川《しながわ》区南大井《みなみおおい》。いずれの事件も犯人は捕まっておらず、警察はいまだ解決の糸口すらつかめていない。

翌日には所轄の練馬南署に特別捜査本部が設置され、二百人体制での大がかりな捜査が開始された。

ところが、現場には遺留品も残されておらず、不審な人物を見かけたという目撃証言もない。人間関係を調べても、実直で穏やかな性格だったという被害者にトラブルの種は見当たらなかった。

またか。

これまでの通り魔殺人事件と同じだった。調べれば調べるほど、犯人が遠ざかっていくような感覚。口にはしないものの、捜査員たちの間に、長期化を覚悟する諦めムードが漂い始めた。

ところが、事件は急展開を見せる。

千葉県船橋《ふなばし》市の可燃ゴミ収集作業員が、被害者の血のついたパーカーを発見したのだ。パーカーはジップアップになっており、作業員は金具のついた衣類を可燃ゴミとして収集してもいいものか判断するため、ゴミ袋を開いたのだった。そこでパーカーがどす黒く染まっているのに気づき、警察に通報した。ジップアップでなければなんの問題もなく収集されていたであろうと考えると、捜査本部にとっては僥倖《ぎょうこう》としかいいようのない出来事だった。

同じゴミ袋に入っていたカード会社の請求書などから、パーカーを捨てたのは岸裕久という船橋市在住のフリーターだとみられた。捜査本部はすぐさま岸と被害者の関係の洗い出しにかかったものの、両者のつながりはまったく見つからなかった。出身地、職業、居住地、活動範囲など、さまざまな面からのアプローチをこころみたが、岸と被害者をつなぐ接点は皆無だった。

岸ではないのかもしれない。真犯人は別にいて、岸がゴミ集積場に出したゴミ袋に、自分のパーカーを詰めただけではないのか。上層部が岸の任意同行を決めたのは、捜査員の間からそんな声も上がり始めたタイミングだった。

警視庁捜査一課の取り調べにおける最終兵器、楯岡絵麻が取調官に指名された背景には、そういった事情があった。被害者との接点もなく、証拠品はゴミ袋から見つかったパーカーのみ。岸にとっては、いかようにも言い逃れできる状況だ。真犯人が岸に罪を着せようとした可能性もいまだ残されているため、取り調べには慎重を期す必要があった。

「なにいってんだ」

デスクに身を乗り出していた岸が、椅子の背もたれに身を預け、そっぽを向いて髪の毛をかく。椅子の背もたれに身を預けたのは、少しでも相手から遠ざかりたい心理の表れ。そっぽを向くのは、突きつけられた現実から目を逸《そ》らしたい心理の表れ。髪の毛をかくのは、心理的重圧を軽減しようとするしぐさ。

刑事としての絵麻の武器は行動心理学の知識と、常人離れした観察眼だった。

「ちゃんと答えてくれない？　この写真のパーカーは、きみのもの。きみが捨てたもの」

「違う」

かぶりを振る岸の反応に、絵麻は唇の片端を持ち上げた。

「やっぱりそうなのね。きみが捨てた」

たったいま確信した。

被害者の血液の付着したパーカーを捨てたのは、岸で間違いない。

「いやいや。なにいってるの。違うっていっただろ」

「口ではそういったけど、きみ、頷《うなず》いたもの」

「頷いてない」

「ううん。頷いた。自覚がないだけ」

怪訝《けげん》そうに顔を歪められた。

絵麻は岸と見つめ合ったまま、「西野」と呼びかける。

「はい」

キーボードを叩《たた》く音が止まり、ぎし、とパイプ椅子の軋《きし》む音がした。

「彼に説明してあげて」

「わかりました」ごほん、と咳払《せきばら》いをして、西野が話し始める。

「僭越《せんえつ》ながら、不肖西野圭介が人間の脳の仕組みについてご説明を――」

「前置きはいいから早く」

わかりました、と本題に入った。

「人間の脳は脳幹《のうかん》、大脳辺縁系《だいのうへんえんけい》、大脳新皮質《しんひしつ》と大きく三つに分かれます。このうち脳幹は意識、呼吸、循環などの基本的な生命維持の機能を、大脳辺縁系は感情や食欲、性欲、睡眠欲などの本能的な部分を、そして大脳新皮質は合理的で分析的な思考や、言語機能をつかさどっています。人間が言葉を介した複雑なコミュニケーションがとれるのも、そして言葉を駆使して本心とは異なる意思表示をすることができるのも、ほかの動物に比べて大脳新皮質が大きく発達しているからです」

そこから絵麻が引き取った。

「人間は言葉を手にすることで、ほかの動物に比べて複雑なコミュニケーションが可能になった。けれど、それと引き換えに嘘をついて人を騙《だま》すこともできるようになった。でもね、完璧な嘘をつくというのは、実はとても難しいことなの。唇を舐める、髪や顔などをかく、顔や身体を背けるといった心理的負担を軽減しようとするなだめ行動が出てしまう。かりになだめ行動を制御できたとしても、大脳新皮質によってなされる嘘の意思表示の伝達より、本能をつかさどる大脳辺縁系の反射のほうが速い。だからどうしても、嘘をつく直前に本心が表れる。ほんの一瞬のことだけどね、ほんの〇・二秒。その〇・二秒に表れる大脳辺縁系の反射――マイクロジェスチャーや微細表情を見極めることで、私には人の嘘がわかる」

絵麻を見つめる男の瞳の中で、瞳孔が収縮する。危機を感じたときの肉体反応だ。

絵麻は唇の片端を吊《つ》り上げた。

「きみは、このパーカーはきみのものか、という私の質問に違うと答えた。そして顔を横に振った。それは大脳新皮質による意識的な行動だけど、実はきみが顔を横に振る〇・二秒前に、顔を縦に動かして頷こうとするしぐさがあったの。それがマイクロジェスチャー。大脳辺縁系による無意識の反射。無意識だから、きみには頷いた自覚がない。でもたしかに頷いた」

呆然《ぼうぜん》としていた岸が、ふいに笑みを浮かべる。だが顔面の筋肉の制御が不完全な、奇妙な笑顔だった。

「う、嘘がわかるなんて、そんな――」

絵麻は言葉をかぶせた。

「きみ、大学を出て新卒で入った会社を半年で辞めたっていってたわね。その退職理由を、同僚へのパワハラに耐えかねて上司を殴ったことって説明してたけど、あれは嘘。その後、小説家を目指すことにして、煩悩を断ちきるために当時付き合っていた恋人に別れを告げたっていうのも嘘。たんに愛想を尽かされてふられただけ。その後、働き始めたアルバイト先のリサイクルショップでお客さんに告白されたというのも嘘。当然ながら、小説を書きたいからいまは恋愛のことを考える余裕がないという断り文句も、最初から告白なんかされていないのだから嘘。高校時代からスポーツ万能で、高校のサッカー部ではエースストライカーだったというのも嘘。でもサッカーをやっていたのは本当みたいだから、たぶん補欠だったんでしょう。あとは模試の成績が優秀で狙おうと思えば東大も狙えたというのも嘘。中学時代、バレンタインデーには机の中にたくさんのチョコレートが詰まっていたという話も――」

「やめてくれ！」

岸が両手で頭を抱えながら叫んだ。ぎゅっと瞑《つむ》った目を開くと、瞳が潤んでいまにも涙があふれそうになっていた。

絵麻は『尖塔のポーズ』越しに重要参考人を見つめた。

絵麻の取り調べは相手への同調と共感から始まる。音声だけを聞くとキャバクラの接客かと誤解されるような会話で相手を良い気分にさせるのには、目的が二つあった。一つは初頭効果で相手を油断させること。そしてもう一つが、サンプリングだ。

なだめ行動やマイクロジェスチャーを正確に見極めるには、相手の普段の行動や癖を把握する必要がある。唇を舐めたり顔をかいたりするのが、即、嘘を表すサインというわけではない。たんなる癖という場合もある。取調室という究極の非日常空間で、普段のように振る舞える人間はほぼいない。そこで親密さを演出して相手をリラックスさせ、普段の癖を引き出すのだ。

　すでにサンプリングは完了した。

　いまは目の前の男の考えていることが、手にとるようにわかる。

「どう？　信じてくれる気になったかしら」

　すとん、と岸が肩を落とした。黒歴史を暴かれまくって消耗したか。

「このパーカーは、きみが捨てたものね」

「ああ。そうだ」

　ようやく絞り出したような、弱々しい声だった。

「きみは田中和生さんを殺した」

「違う」

　この期に及んで往生際の悪い。

　が、ふと違和感を覚え、ふたたび同じ質問をした。

「きみは田中和生さんを殺した」

「違うっていってるだろう」

やはり。

どういうことだ。

顔を横に振る岸は、直前に表れるはずの、頷きのマイクロジェスチャーをともなっていなかった。

3

抽出完了を告げるブザーが鳴り、西野は自動販売機の取り出し口を開いた。

先に出来あがっていたぶんと合わせて二つの紙コップを手に、窓際のベンチに向かう。

そこには楯岡が座っていた。脚を組み、真剣な顔でスマートフォンを見つめている。相変わらずなにげない挙動一つ一つが画になる。身につけているものはすべて量販店で購入した安物のはずなのに、ファッション誌のグラビアのようだ。

「お待たせしました。はい、コーヒー」

「ありがとう」

紙コップを手渡しながら、西野は楯岡の隣に腰かけた。

「どうですか」

「いろいろと気になることは見つかったかな」

楯岡が液晶画面をスワイプする。

西野たちがいるのは、本部庁舎十七階にあるカフェスペースだった。一般市民は立ち入りできない、職員専用の休憩所になっている。岸の取り調べをいったん中断し、二人はこの場所にやってきたのだった。

「しかし遅いですね」

西野は紙コップのコーヒーを口に含みながら、腕時計で時刻を確認した。

「もう来てるわよ」

「え？」

「足音」

楯岡にいわれ、じっと耳を澄ませた。

たしかに聞こえる。バタバタとした二つの足音が近づいていた。

そして数秒後、廊下からスーツ姿の二人の男が現れた。

先頭の背が低く、岩石を積み上げて作ったような強面《こわもて》が筒井《つつい》道大《みちひろ》。その後ろの長身で歌舞伎の女形《おやま》のような細面が綿貫慎吾《わたぬきしんご》。どちらも捜査一課の同僚だ。

「お、お疲れさまです」

西野は立ち上がり、ぴんと背筋をのばした。

だが、楯岡はスマートフォンをいじったまま、顔を上げようともしない。

筒井はおもしろくなさそうに鼻を鳴らした。

「先輩を走り回らせて自分たちはコーヒーブレイクとは、優雅なものだな」

「お二人もなにか飲まれますか」

西野は訊いた。

「聞かないとわからないのか」

綿貫が眼鏡《めがね》の鼻にあたる部分を人差し指で押し上げる。

「わかってます。筒井さんが砂糖なしミルク多めのコーヒー、綿貫さんはカフェインが駄目なので野菜ジュース」

「口でいうより早く動け」

「はいっ」

西野は小走りで自動販売機に向かった。

財布から硬貨を取り出しながら、先輩刑事たちの会話に聞き耳を立てる。

「どうなんだ、取り調べのほうは」

筒井が不機嫌そうに楯岡に訊《たず》ねた。

「まだ落ちてはいません」

「落とせそうか」

「私を誰だと思ってるんですか」

楯岡がそこでようやく顔を上げる。

けっ、と筒井が鼻を鳴らした。

「おまえこそ、おれのことを誰だと思ってるんだ。先輩だぞ」

「わかっています。私のほうが筒井さんより年上に見える人はいないと思いますし、っていうか、そう見える人がいたらショック死するかも」

そういうことじゃなくて、と言いかけたものの、筒井は諦めたように話題を変えた。

「行ってきたぞ。被害者と同棲《どうせい》していた、川田《かわだ》柊子《とうこ》のところに」

「どうでした？」

その質問に答えたのは、綿貫だった。

「空振りです。被害者の田中和生さんは、いっさいSNSアカウントを所有していなかったそうです」

「本当に？　まったくSNSをやっていなかったの？　一つも？」

「疑うならてめえで調べろ」

筒井が面倒くさそうに吐き捨て、綿貫が事情を説明する。

「田中さんは保守的な考え方の持ち主で、個人情報の流出についてもかなり神経質になっていたようです。なので恋人に勧められてもけっしてSNSアカウントを作ろうとしなかった、という話でした。実際に田中さんのスマートフォンには、SNSアプリがまったくインストールされていませんでした」

綿貫にとって楯岡は先輩、西野は後輩なので、楯岡には敬語になる。

「それは困ったわね」

楯岡はさして困ってなさそうにいい、紙コップを口に運んだ。

「あてが外れたってことだよな」

筒井は少しだけ愉快そうだ。

「いまさらですが、岸が無実という可能性は」

綿貫の発言に「それはない」と楯岡は即答した。

「被害者のパーカーを捨てたのは岸で間違いない。それは岸のしぐさからも明らかだし、岸自身も認めている」

「たしか岸は、バイト先の更衣室でなくしたパーカーが、ある日、自宅アパートの前に止めていた自転車の前籠に入れられていた。広げてみると血のような汚れがついていて、怖くなったのでゴミとして捨てた、と話しているんだっけか」

筒井が苦々しげに鼻に皺《しわ》を寄せる。

「細かい供述については二転三転していますが、そんな感じです。途中まではパーカーは自分のものではないと主張していましたが、言い逃れできないと見るや、パーカーが自分のもので自分が捨てたことは認めつつも、殺人については否定するようになりました」

「見え透いた嘘を」

筒井が嘲るように鼻を鳴らした。

抽出完了のブザーが鳴る。

西野は両手に紙コップを持ち、先輩刑事たちのところへ戻った。

「岸は間違いなく殺してるんだけど、被害者を知らなかったんですよね。楯岡さん」

手にした紙コップを筒井と綿貫に差し出しながら、楯岡に訊く。

「そう」と楯岡が脚を組み替えた。

「たんに、殺したの？　という質問を否定する岸には、なだめ行動やマイクロジェスチャーが見られた。ところが『田中和生さんを』殺したの？　と目的語をつけて同じ質問をすると、なだめ行動やマイクロジェスチャーが消える」

「あ？　どういうことだ」

顔をしかめる筒井の横で、綿貫が目を見開いた。

「田中和生という名前にピンと来ていない、ってことですか」

「そういうこと。岸は殺した相手の名前を知らなかった」

「知らなかった？」

筒井が訊き返し、楯岡が頷く。

「ええ。岸は被害者の名前も知らずに殺したんです」

「ということは、怨恨ではなく通り魔的犯行か」

筒井の目が輝いたのは、二年前から続く三件の通り魔殺人事件との関連を疑ったからだろう。

だが楯岡は否定した。

「いいえ。通り魔的な犯行ではありません。ためしに、標的は誰でもよかったのか、という質問をしてみたら、顔を横に振るマイクロジェスチャーが表れました」

「なんだそれ」

意味がわからない様子の筒井にたいし、綿貫は察しが良い。

「だからSNSなんですね」

「そういうこと」

「綿貫。説明しろ」

一人だけ置いてけぼりを食らった筒井が、声を荒らげる。

「岸は被害者の名前を知らなかったけど、標的は誰でもよかったわけではない。つまり、被害者にたいして明確に殺意を抱いていた。被害者とは、知らない仲ではなかったんです。SNSならば、互いの本名を知らないまま関係を深めることができます。

そして関係がこじれれば、殺意につながることもある」

「綿貫の説明の通りです。現状では、岸と被害者の接点が見つかっていません。被害者がＳＮＳアカウントを持っているのなら、どこかで岸とつながっているかもしれない。そう思って、被害者の同棲相手に話を聞いてきてもらうようお願いしたんです」

筒井がふむと口角を下げる。

「だが結局は、空振りだった。被害者がＳＮＳをやっていないんじゃ、関係を深めることもこじらせることもできない」

「そういうことになりますね」

「恋人には内緒でアカウントを持っていたかもしれません。同棲しているからといって、秘密がないわけじゃないでしょうし」

西野がいうと、綿貫から意地悪そうに目を細められた。

「自分がやってるんじゃないか」

「おまえ、変なことやって婚約破棄されるなよ」

筒井も乗っかってくる。

「なにいってるんですか」

西野はある事件の捜査を通じて再会した、高校時代の同級生と婚約したばかりだ。

「あんた、やめてよね、現役の警察官がＳＮＳでパパ活なんて、シャレにならないんだから」

「楯岡さんまで……疑うなら僕のマイクロジェスチャーを見てください」

両手を広げて潔白を主張すると、ふっ、と笑われた。

「冗談よ。あんたのいう通り、恋人に内緒でSNSをやっていたという可能性も、ないわけじゃない」

「っていうか、そういえば、岸のほうのSNSはどうだったんですか。気になることが見つかったっていってましたよね」

西野がいい、筒井と綿貫が楯岡の手もとを見る。

「なにが見つかったんだ」

さっきから楯岡が熱心に見つめていたスマートフォンの液晶画面に開かれているのは、岸のSNSアカウントだった。筒井たちに被害者側のSNSを探らせるいっぽうで、楯岡は岸のSNSアカウントを調べていた。

「佐藤青南《さとうせいなん》、という名前を知っていますか」

楯岡が男たちの顔を見る。

「佐藤……なんだって？」

筒井が眉をひそめた。おまえ知ってるか、と綿貫と西野を見る。

綿貫と西野はかぶりを振った。

楯岡が液晶画面に視線を落とす。

「岸が誰かを批判していたり、揉《も》めていた形跡は、表に出ている投稿を見る限り見つかりませんでした。ただ、佐藤青南という作家？　にひどく心酔しているようで、投稿にも頻繁に名前が登場するんです」

ちょっと見せてもらえますか、と西野はスマートフォンを受け取った。

『ＨＩＲＯ＠創作垢』というハンドルネームのＳＮＳアカウントだった。短文を投稿するスタイルのＳＮＳで、岸は一日に何度かのペースで投稿していた。なにげない日常の出来事やアルバイトの愚痴と思われる投稿に交じって、たしかに「青南さん」という名前が頻繁に登場していた。

――青南さんのメルマガ。今回もめっちゃタメになる！　モチベーション上がった！　目標実現に向けて頑張ろう。

――サロン飲み会になんと青南さんも参加。良い物を書くだけじゃなく、「届ける」努力を惜しんではいけないという話に感銘を受けた。

――じゃーん。写真はなんと、発売前の青南さんの新刊です。サロンメンバーだけに先行販売されたので一足早くゲットできた。今回も築山《つきやま》みどりの活躍が楽しみ。

本文には「青南さん」という表記だが、アカウントのプロフィール欄に「佐藤青南オンラインサロン」という文言があるので、「青南さん」のフルネームは「佐藤青南」

なのだろうとわかる。そして、たしかに岸は「佐藤青南」なる人物に異常なほど心酔しているようだ。

「何者だ。佐藤青南ってのは」

筒井が怪訝そうな顔で覗《のぞ》き込んでくる。

「投稿の内容を見る限り、自己啓発セミナーの主宰じゃないですかね」

綿貫も胡散臭《うさんくさ》そうな口ぶりだ。

そのとき、意外な方向から正解が飛んできた。

「小説家、ですよね」

一同が声のするほうを振り返る。

紺色の制服を着た、若い女性警官が歩み寄ってきた。

「シオリちゃん」

「西野くん、お疲れさま。皆さん、お疲れさまです」

いつもながら、なんで自分だけ「くん」付けで呼ばれるんだろうと、西野は思う。上下関係にこだわるつもりはないが、そんなに貫禄がないのだろうか。

林田《はやしだ》シオリ。半年前に世田谷南《せたがやみなみ》署から異動してきた。所属は総務課なので捜査に参加することはないが、庁舎内で顔を合わせれば会話するし、ときには事件解決につながるヒントをくれることもある。

シオリは長い睫毛《まつげ》に縁取られた、大きな目をぱちくりとさせた。

「佐藤青南って、小説家の名前だと思います」

「シオリちゃん、知ってるの？」

　楯岡が顔を上げた。

「はい。作品は読んだことないけど、本屋さんに積まれているのを見かけたことあるから、けっこう有名な人じゃないかな」

「シオリちゃん。小説なんか読むんだ」

　意外そうな言い方に聞こえたらしく、シオリはぷくっと頰を膨らませた。

「失礼ね、西野くん。私だって小説ぐらい読みます」

「そういう意味じゃなくて」

「じゃあどういう意味？」

　西野がシオリに詰め寄られてたじたじになるそばで、綿貫が自分のスマートフォンの液晶画面を見ながら情報を読み上げる。

「本当だ。佐藤青南は日本の推理小説家である……」

　インターネットで名前を検索したようだ。

「ミステリーの人だったんだ」

　シオリが知っていたのは佐藤青南の名前だけで、どんな作品を書くのかは知らなかったらしい。

「ミステリーは読まないの」

栖岡の質問に、シオリが答える。

「そんなこともないんだけど、本屋さんに行っておもしろそうな本を手にとるだけだから、小説家に詳しいわけでもないんです。ミステリーも読みますよ。天祢涼《あまねりょう》とか知念実希人《ちねんみきと》、最近だと今村昌弘《いまむらまさひろ》、ほかにも何人か」

筒井が知ってるか、という顔で向けてきたので、西野は肩をすくめて応じた。

「どうやらこの佐藤青南という小説家、あまり評判がよくないようです」

綿貫がスマートフォンを見つめながら、曲げた人差し指を顎にあてる。

「レビューサイトの感想ですか。あれってそんなに参考になりませんよ。どんな作品でも悪く言う人はいるし」

シオリが綿貫のスマートフォンを覗き込むようなそぶりを見せた。

「いや。本の内容じゃない。オンラインサロンのメンバーに一人で何冊も購入させているから、実際に見かけほどの人気があるわけじゃない……ということらしい。サロンメンバーに自分の本を大量に買わせたり、本のプロモーション費用をクラウドファンディングで募ったりしているそうだ。自分の本が原作の映画を作ろうとして制作費をクラウドファンディングで集めたのに、返礼が届かずにトラブルになっている……

とも書いてある」

「クラウド……なんだ？」

クラウドファンディングを知らない筒井に、シオリが説明する。

「なにか事業を興したいけど資金がないという人が、ネットを通じて出資を募るという仕組みです。五百円とか千円とか少額から出資できるクラファンも多いから、気軽に出資できるんです」

「二課が動きそうな話だな」

筒井が名前を挙げた警視庁捜査二課は、詐欺や横領などの知能犯を担当する部署だ。

「ほとんどのクラファンはそんなことないと思いますけど、資金を募るだけ募って約束の返礼をしなかったり、事業がまったく動き出さなかったりといったトラブルはたまに聞きます」

「シオリちゃん、詳しいのね」

楯岡は素直に感心した様子だ。

「おもしろそうなのを見つけたら参加してるんで」

シオリはぺろりと舌を出した。

「とにかく、その佐藤青南って作家は、自分の人気をかさ増ししてるってことだな」

筒井の言葉に、綿貫がインターネット情報を付け加える。

「いろいろと御託を並べて正当化しているが、佐藤青南のやっていることは文学にたいする冒瀆《ぼうとく》にほかならない。新興宗教団体の教祖が書いた本を信者に買わせてベストセラーランキングに食い込むのと、どこが違うというのか。まさしく信者ビジネスだ……とも書いてあります」

「事件に関係あるんでしょうか」

西野が訊くと、「どうかしら」と楯岡は虚空を見上げた。

「ぶつけてみる価値はあるかもしれないわね。どのみち岸は、もう私に嘘をつけない身体なんだから」

無邪気に笑う楯岡とは対照的に、男たちは頬を固くした。

4

「佐藤青南」

絵麻は取調室で岸と向き合うなり、その名を告げた。

岸がぴくりと眉を持ち上げる。

「あなた、佐藤青南オンラインサロンのメンバーなのね」

「そうだけど、それがなにか」

平静を装っているが、瞬きの回数が増えた。

当たりだ、と絵麻は思う。佐藤青南はなんらかのかたちで事件に関係している。

ようやくノートパソコンを起《た》ち上げた西野が、会話に追いつこうと猛スピードでキーボードを叩き始める。

「オンラインサロンって、なにをするところなの」

「なにって、一言では説明できない」

「会員限定のメルマガ、トークイベント、飲み会、読書会、小説家志望者には作品の講評添削って、ホームページに書いてあったけど」

「知ってるなら訊く必要ないじゃないか」

「きみの口から聞きたかったの」

両手で頬杖《ほおづえ》をつき、上目遣いに小首をかしげてみる。

二度と笑顔など見せないぞとばかりに、ぷいと顔を逸らされた。

絵麻は捜査資料を開き、一枚のコピー用紙を差し出した。『佐藤青南オンラインサロン』のホームページのトップ画面をプリントアウトしたものだ。

「この人が佐藤青南なのね。最初に名前を聞いたときには、てっきり女性だと思っていたけど、男性だったんだ」

ホームページは画面の左半分に佐藤青南のバストアップ写真、右側にオンラインサロンの紹介文と詳細メニューの選択肢というデザインだった。

佐藤青南は黒髪で細面のあっさりとした顔立ちで、光沢素材の白シャツを身につけていた。愁《うれ》いを含んだ表情でこちらを見据える顔にはきちんと照明があてられ、顔の左半分にくっきりと影が落ちている。小説家というよりは、ミュージシャンのアーティストショットという雰囲気の写真だ。たしかに一般的な小説家というイメージからすると洗練されているし、清潔感もあり、四十歳にしては若く見える。だがよく見れば、特段美形というわけでもない。イケメン小説家という評判もあるようだが、小説家という肩書きがなければ、ことさら人目を惹《ひ》くような容姿ではない。

それでも目の前の岸は、瞳孔が開き、小鼻が膨らみ、わずかに両肩が落ち、スニーカーの爪先が上を向いていた。すべてのしぐさが佐藤青南にたいする『興奮』と『喜び』を表している。これまでの会話で岸が同性愛者でないことはわかっているが、ほとんど恋愛に近い憧憬を抱いているようだ。

「ホームページに目を通してみたけど、月会費は三千円なのね。それでメルマガが月四回配信。そのほかのイベントに参加する際には、追加で料金が発生する。ちょっと高くない？」

「はあっ？」

隠しようもない明らかな『怒り』、そして『軽蔑《けいべつ》』。「高くないよ」

「佐藤のオンラインサロンに入ってから、どれぐらい経つの」

あえて「佐藤」と呼び捨てにすることで、岸の感情を刺激した。案の定、岸は眉をひそめて『怒り』を浮かべる。

「二年」

「二年ということは、これまで七万円以上貢いでるんだ」

貢いで。徹底的に挑発的な言葉選びを意識した。

「だったらなんだよ」

「失礼なこというけど、きみ、フリーターじゃない。そんなに稼ぎもないと思うんだけど。それなのに月三千円も取られるのは、痛いんじゃないかな……って」

「痛くない。まったく痛くない」

「でもメルマガって、ようするに長いメールでしょう。ちゃちゃっと短時間で書いた文章に三千円も出すなんて――」

「あんた、青南さんのメルマガ読んだことあるの」

語気を強めて反論された。

「ない」

「ないのにそんなこと、よくいえるな」

「じゃあ教えて。どんな感じなの。三千円払う価値のあるメルマガが、どんなものなのか」

「すごいよ。あれはすごい。学びの宝庫だ」

「もうちょっと具体的に話してくれないとわからない」

「それはいっちゃいけない決まりだ。サロンはクローズドなコミュニティだから」

「そこをなんとか」

合掌して頼むと、やれやれというため息が返ってきた。

絵麻は内心でほくそ笑む。着実に岸の口が軽くなっていた。

「出版業界の仕組みや内幕、編集者との付き合い方、仕事の選び方とか、ここまでいって大丈夫なのかって心配になるほど、惜しげもなく披露してくれる。あそこまであけすけに書いてしまったら、青南さんじゃなかったらたぶん干されてる」

「干されるようなことって、たとえばどんな？」

岸がむっと唇を曲げる。言葉のチョイスを誤って口を噤《つぐ》ませてしまったかとひやりとしたが、そうではなかった。

「竿木《さおき》賞ぐらいは、知ってるよね」

「名前は聞いたことある。有名な賞だよね」

「有名ねえ」

はあっ、とあきれたような息を浴びせられた。

「有名どころか、日本でいちばん権威のある賞とされている。純文学の澤山賞《さわやま》、エンタメの竿木賞。もっとも、青南さんが受賞していない時点で、その権威もハリボテみたいなものだけど。どう考えてもおかしい」

「そうなの？」

「そうだよ。だっておかしいだろう。総発行部数三百万部を超える人気作家だぞ。なのに受賞どころか、ノミネートすらされないなんて」

そこまでいって、岸が前のめりになり、声を落とす。

「なんでそういうことになるのか、わかる？　青南さんが竿木賞にノミネートすらされないなんて事態になるのか」

かなり芝居がかったしぐさと口調だった。だんだん興が乗ってきたようだ。

絵麻はしばらく考えるふりをして、かぶりを振った。

「わからない。どうして」

その反応に満足したように、岸がにやりと笑う。

「臼井《うすい》清志《きよし》だよ」

「臼井？」

「もしかして臼井清志も知らないの。『さみだれの街』で竿木賞を獲得した、映像化作品も多数の超大物作家」

その後に映像化されて大ヒットしたという作品名をいくつか挙げられても「へぇっ」としか答えようがない。岸はその反応が信じられないという顔をしているが、知らないものは知らない。とにかくその界隈《かいわい》では、知らないのが恥ずかしいぐらいの有名な存在のようだ。

「その臼井清志がどうしたの」

「以前に青南さんとSNSで揉めたことがあったんだ。そして実は、臼井清志は竿木賞の選考委員をしている。これがどういうことか、わかるよね」

「わからない」

即答すると、岸は「嘘だろ。なんでわからないの」と目を見開いた。

「圧力だよ、圧力。青南さんが候補に挙がらないように、臼井清志が圧力をかけている。だからさ、文学賞っていうのは、所詮政治なんだ。実力勝負じゃない」

まるで自分がすでに出版業界の中にいるかのような後半部分の発言は、おそらく佐藤の受け売りだろう。

「そういうのが、メルマガに書いてあるの」

「ああ。ほかの作家じゃ、ここまで内情を暴露しない。しないというか、できない。軋轢《あつれき》を恐れているし、わざわざ後進を育ててライバルを増やすようなことはしたくないからね。けど青南さんは違う。なんでもズバッと、大丈夫かなってこっちが心配になるぐらいさらけ出してくれるし、疑問に答えてくれる。プロになったらどう振る舞うかという実践的な情報ばかりだよ。だからメルマガを読むとすごく学びが多いし、やる気になる」

ふうん、と絵麻は虚空を見上げる。

「デビューしてからの気構えなんか教えられても、デビューできなきゃ意味がないじゃない。しかも、佐藤のいっている内容の真偽は、実際にデビューした人でないとたしかめようもない。つまり、会員には佐藤のいっていることが本当かわからない」

ぐっ、と岸が痛いところを突かれたという感じに顎を引く。

「いや、だから、デビューできたときのためにも、いまのうちから出版業界の内幕とか、闇とか、そういった部分を知っておく必要が――」

「ただ欲しい言葉をくれる、ってだけだよね」

絵麻は椅子を引き、デスクに身を乗り出した。岸がおののいたように顎を引く。

「佐藤が竿木賞の候補に挙がらないことと、佐藤が臼井なんとかという大御所作家と揉めたのは、まったく別々の事象で、それを佐藤が自分に都合よく結びつけて、大御所作家と揉めたから賞の候補にならないということにしているだけじゃないの」

「なにいってる。さっきもいったけど、青南さんは発行部数三百万部を超える人気作家だ。賞の候補にならないのはおかしい」

「私は詳しく知らないけど、賞っていうのは売上を競ってるわけじゃないんでしょう。作品の評価は低いけどなぜか売れている、っていう作家もいるんじゃないの」

岸が『嫌悪』を浮かべた。

「青南さんの本はおもしろい。もっと評価されるべきだ」

「そういう言い方をするってことは、佐藤の作品が業界で評価されていないという自覚があるのよね。別に臼井なんとかが圧力をかけたなんて陰謀論に持っていかなくても、そもそも賞の候補になるような評価を受けていなかった、という考え方もできるんじゃないの」

岸が口を開きかけるのを「それに」と声を強めて制した。

「文学賞なんて所詮政治の産物で、実力勝負ではない、なんて斜にかまえるのなら、最初から業界内での評価なんて求める必要はない。三百万部も売れているのだから、それでいいじゃない。文学賞を欲しがる必要もない」

「欲しがってない。青南さんもいらないっていってる。もし選ばれても断ってやるって、トークイベントでも話していた」

「そうかしら。私には、欲しくて欲しくてしょうがないのに選ばれないから、あえて賞の価値を下げるような発言をして溜飲《りゅういん》を下げているようにしか思えないけど」

「そんなわけない。三百万部作家だぞ」

「さっきから三百万部三百万部って繰り返すけど、それってつまり、売上でしかマウントとれないっていうだけの話よね。その三百万部っていう数字だって、オンラインサロンの会員に同じ本を一人何冊も買わせて稼いだ数字なんでしょう。同じ三百万部でも、普通に売れたものとは内容が違う」

「あんたには出版業界の仕組みがわかってない。良いものを書けば売れるっていうものじゃない。良いものを作って、なおかつそれをどうやって消費者に届けるかが大事なんだ。普通の小説家はそこまで考えていない。販売を出版社任せにして、思考停止してしまっているんだ。逆に青南さんは、出版社任せにはせず、独自の販売戦力を持っている」

「それがサロンの会員に自分の本を複数買いさせるってことなの？」

絵麻は失笑を漏らし、岸は『怒り』に顔を紅潮させる。

「違う。たくさん買って書店やネットのランキングで上位に入れば、注目度が上がってさらなる購買につながる。心理学でも証明されている。人間の主観というのは曖昧で、他者の評価が高いものを高く評価してしまう。好き嫌いというのは、自分で決めていると思っていても、実はそうではない。知らず知らずのうちに他人に影響されている。だからこれは、心理学にもとづいた見せ方の演出で、れっきとしたビジネス上の戦略だ」

「心理学とかビジネス戦略とかもっともらしい言葉を使って誤魔化してるけど、自分の信奉者に何冊も本を買わせて売上をかさ増ししてるだけじゃない。そんなのは上げ底のお弁当みたいなものよ。そこまでして人気を演出しているのに、業界内での評価がともなわないっていうのは逆に憐《あわ》れよね。圧力がどうとか政治がどうとか、陰謀論に逃げたくなる気持ちもわかる」

「あんた、本当にわかってないな」

いまにも暴れ出しそうな岸にたいし、絵麻はあくまで平坦な口調を保っていた。

「あなたこそ自分がわかっていない。たんに認知が歪んでいるのか、意図的に自分に都合よく解釈しているのかはわからないけど、佐藤の主張は『こうあって欲しい』という願望に過ぎず、知られざる真実でもなんでもない。客観的にみればそんなのはすぐにわかるのに、きみや、ほかのオンラインサロンのメンバーが佐藤の主張を鵜《う》呑みにするのは、それがきみたちにとって都合のいい話だからよ」

「はあ?」

岸が顔を歪める。

「文学賞の選考は公平に行われていない。選考委員に嫌われた作者の作品は内容なんて関係なく落とされ、たとえすぐれた作品であっても正当な評価が下されることはない。きみはそうであって欲しいと思っている」

「なんでだよ。そんなわけあるか。選考は公平公正に行われて欲しいに決まっているだろう」

岸が笑い飛ばそうとする。

「それがそうでもないんだなあ」

絵麻も不敵に笑った。

「文学賞の選考過程に不正がある。選考は公平に行われていない。そう考えることで、きみは自分がデビューできないのは実力や才能が足りないのではなく、不公平な選考のせいだと言い訳できる。きみはいま二十九歳だから、小説家を目指して会社を辞めてからは七年近く経つわよね。七年も小説を書いているのに、いまだにプロになれていない。その理由を自分や自分の作品ではなく、文学賞の不透明な選考のせいにすることで、きみは自分のプライドを保ってきた。きみの好きな心理学的に説明すれば、それは防衛機制の『投影』。原因が自分ではなく他者にあると考えることで、自らの心の均衡を保とうとしたの。そんなきみにとって、佐藤の言葉はさぞしっくりきたでしょうね。自分が竿木賞の候補に挙がらないのは作品の出来とは関係なく、大御所作家に嫌われたからだという主張は、きみがデビューできない言い訳に使ってきたのと、ほぼ同じロジックだったんだから」

「それ以上いうと許さないぞ」

デスクの下でこぶしを握り締めているのだろう。岸の両肩が小刻みに震える。

「なんについて触れるのを許さないの？　きみが小説家になれていないこと？　それとも、きみが信奉する佐藤青南という作家が、業界では認められていないってこと？……たぶんどっちも、よね。きみにとって佐藤は、ほとんど自分の分身ともいえる存在だもの」

岸の震えが止まる。

絵麻はひとつ息を吐いて続けた。

「さっき話した『投影』のほかにも、防衛機制にはいくつかの種類がある。その中の一つに『同一視』というのがあって、対象に自分を重ね、その対象と自分を同化し、優越感や安定感をえようとすることなんだけど。たとえばプロスポーツチームのファンなんか、典型的ね。競技をするのは自分ではないし、良い成績を収めたところで自分に賞金が入るわけでもないのに、応援するチームの試合結果に一喜一憂する。これが『同一視』。プロスポーツだけではなく、人間はさまざまなものに自分を重ねる。下積みのバンドマンやアイドル、映画や漫画などフィクションの主人公。人が誰かを応援するのは、その誰かが成功することによって、自分が満足感をえたいからなの。なんの努力も苦労もしているわけではないのに、他人の人生に勝手に自分を重ねて成功の喜びを分かち合おうとするなんて虫が良いし、ちょっとずるい気はするけど、お手軽ではあるわよね。佐藤にたいする、きみや、ほかのサロンメンバーも同じ。佐藤を『同一視』し、彼を応援し、成功させることで、自分たちも成功したかのような優越感や満足感、心の安定を手にしている。もっとも、本当に成功しているのは佐藤だけで、きみがプロデビューに近づくなんてことはないし、搾取され続けるだけなんだけど」

「搾取なんてされてない！」

反論は無視した。

「そんな感じでお手軽に心の安定をえられる『同一視』だけど、他人に自分を重ねるのはメリットばかりじゃない。『同一視』した対象の成功を自分のものと捉えて喜びをえられる反面、対象に向けられた攻撃も、自分への攻撃のように感じてしまう。佐藤のように毀誉褒貶《きよほうへん》の激しい人物を『同一視』すると、心穏やかではいられないわね……そのへんのところ、どう？」

絵麻は眉間に力をこめ、岸と視線を重ねた。

だがすぐに視線を逸らされた。岸の眉が持ち上がり、頬が緊張し、わずかに開いた唇が震える。明らかな『恐怖』の表情だ。

「やっぱりそうなんだ。きみが殺したのは、きみではなく、佐藤を攻撃した人物だった。佐藤を『同一視』するきみは、佐藤への攻撃を自分のものと捉え、被害者への殺意を抱いた。被害者の名前を聞いてもピンと来ていなかったみたいだから、おそらくネットを通じて佐藤を批判した、いわゆるアンチ的な存在だったんでしょう。きみはその人物のSNSの投稿を遡《さかのぼ》り、訪れた店などの情報から活動範囲を絞り込み、佐藤を批判するアカウントの持ち主の身元を特定した……そんなところかしら」

岸の反応を見る限り、推理はおおかた当たっている。

だとすれば、こうなる。

「でもきみ、殺す相手を間違ったみたいね」

岸が弾《はじ》かれたように顔を上げた。なにか言いかけたように口を開いたが、すんでのところで踏みとどまったように、口を噤む。

「殺された田中和生さんは、SNSのアカウントを持っていなかったの」

被害者の名前は知らないが、被害者にたいして殺意を抱く理由はあった。ということは、互いの本名を知らずにやりとりのできるSNSでのトラブル。ところが被害者はSNSアカウントを所持していない。

つまり、人違い——。

大きく見開かれた岸の目の中で、瞳が激しく揺れる。

「嘘だと思ってる？　残念ながら本当。田中さんと一緒に暮らしていた女性から聞いた。田中さんは個人情報の流出を気にして、SNSをやったことがないんだ……って」

「し、知らないし……なんの話をしているのか」

しらを切ろうとする声が震えている。

「気が咎《とが》めないの？　人違いで、なにもしていない人を殺してしまったのに。かりに誰かが佐藤を批判していたとしても、そんなのは殺す理由にはなりえないけど、それにしても被害者は、そういった身勝手な動機とも無関係の人物だった。きみは、きみや佐藤にたいしてなにもしていない、無関係な人を殺した。そうやって理不尽に人の命を奪っておいて、今後も平然とアルバイトしながら小説家を目指し続けるわけ？」

「殺してないし」

喉もとに手をあてるなだめ行動。嘘。

「いわなかったっけ。私には、きみの嘘がわかる。きみは名前も知らない田中和生さんを背後から刺して、殺した。そこに疑いの余地はない。問題は、きみと田中さんの接点。どうして千葉の船橋在住のフリーターが、練馬在住新宿勤務の高校教師を狙ったのか。きみと被害者の間には、直接のつながりはなかった。被害者はきみが『同一視』する小説家をSNSで批判するアンチ――実際には人違いだけど、きみにとってはそうだった。きみはもう一人のきみともいえる存在を守るため、アンチの身元を特定し、帰宅途中を襲ったつもりだった。ところがきみは人違いをしていた。殺された田中さんはSNSアカウントを所有していなかった。こんなところかしら」

「違う。殺してない」

力なくかぶりを振る岸は直前に頷きのマイクロジェスチャーをともなっていたし、顔からは血の気が引いて、視線はあちこちに泳いでいる。絵麻の推理は間違っていない。

だが絵麻は「それともこうかしら」とあえて別の推理を披露した。

「きみが自分の意思で殺したわけではなかった……とか。佐藤からアンチを抹殺するように命令を受けて、しかたなく従った――」

がたん、と椅子を激しく引く音がした。

「青南さんは関係ない！」

岸はデスクに手をつき、立ち上がっていた。眉間に皺を寄せた『怒り』の表情で、両肩をいからせていまにも取調官につかみかかりそうだ。

絵麻は温度の低い視線で岸を見上げながら、いった。

「青南さんは、関係ないのね」

大きく見開かれたまぶたとは反比例するように、瞳の中で瞳孔が収縮した。

5

扉を開け閉めする音に続いて、足音が近づいてくる。

ダイニングキッチンに入ってきたのは、綿貫だった。

「失礼しました」

席を外した非礼を詫び、筒井の隣の椅子を引く。

「どうだった」

筒井は訊いた。

「岸が犯行を自供したそうです」

「そうか」

安堵《あんど》がじんわりと身体をあたためる。綿貫が部屋を出ていたのは、捜査本部からかかってきた電話に応答するためだった。

だがガッツポーズができるような状況でもない。真顔を保ったまま、軽く顎を引くに留《とど》めた。

「犯人はやはり、私と和生さんを間違えて？」

テーブルの対面から、女が訊いてきた。女は湯気の立つコーヒーカップを筒井たちの前に並べようとしていた。長い黒髪を後ろでひっつめ、白いカットソーにデニムパンツというシンプルな装いをしている。

綿貫がいいですか、という感じの目配せで了解を求めてくる。

筒井が頷くと、女のほうを見た。

「そのようです。『TK@佐藤青南から文学を守る』というアカウントの持ち主を襲ったつもりだったと、話しているそうです」

女が薄く長い息を吐き、沈痛な面持ちで目を閉じる。もともと顔色が悪く、頬がこけていて、三十五歳という実年齢よりも上に見えると思っていたが、いまこの瞬間にさらに老け込んだように見えた。

女の名は川田柊子。被害者と同棲していた交際相手で、岸の人違いがなければ、命を狙われていたはずの人物だった。

練馬区小竹町にある、田中和生のマンションだった。建物自体はかなり古いが、ひと世帯3LDKで、しかも一部屋一部屋がかなり広い。「二人とも本が好きだったので、築年数を犠牲にして広さを取ったんです」と、柊子は語った。その言葉の通り、部屋のあちこちに本が積んである。本棚でも買って整理すればいいのにと思っていたら、すでに一部屋は書庫として使用しているものの、それでも本棚に収まりきらない本がダイニングにまであふれてしまったらしい。

「川田さんが原因ではありません。悪いのは全面的に、岸です」

綿貫が断言する。

その通りだが、そう簡単に割り切れるものではないだろう。同棲していた交際相手が、自分の身代わりとなって殺されたのだ。

当初の楯岡の見立てでは、岸は被害者とSNSでトラブルを起こしているという話だった。ところが、岸のSNSアカウントを見る限り、表立って誰かと揉めたような形跡はなく、被害者の田中和生に至っては、SNSアカウントすら所有していなかった。

今回ばかりはエンマ様の推理も外れたかと思ったが、被害者の交際相手にふたたび話を聞いてきて欲しいと、楯岡はいう。前回は被害者のSNSアカウントについて、交際相手に話を聞いて欲しいという頼みだったが、今度は、交際相手自身のSNSについて聞いて欲しい、という指示だった。

岸は佐藤青南のオンラインサロンに加入しており、SNSへの投稿からも、かなりの心酔ぶりがうかがえた。

トラブルが起きたのは岸自身ではなく、岸が信奉する佐藤のアカウントだった。岸は佐藤を批判するアンチを殺そうとした。ところがアンチの身元を特定したつもりが、人違いでSNSアカウントすら所有していない田中和生を殺害してしまった。

それが栖岡の推理だった。

つまり、岸が狙うべき相手は田中和生ではなく、田中和生と生活をともにする交際相手——川田柊子だった可能性が高い。川田にSNSをやっていないか、SNSで佐藤を批判するような投稿をしていなかったかを確認してきてくれと頼まれ、筒井と綿貫はふたたびここにやってきたのだった。

当たりだった。

川田柊子は『TK@佐藤青南から文学を守る』というSNSアカウントを運営しており、佐藤を激しく糾弾するような投稿を繰り返していた。

そしていまの電話で、岸が『TK@佐藤青南から文学を守る』のアカウント主を狙っていたことが明らかになった。SNSの投稿から相手の住所を特定した岸は、その部屋に出入りする田中和生の姿を見て、彼が『TK@佐藤青南から文学を守る』のアカウント主だと思い込んだ。田中が女性と暮らしていることも知ったが、攻撃的な投稿の内容と理路整然とした文章の印象から、アカウント主が女性である可能性は疑いもしなかったという。

「佐藤青南という小説家と、直接の面識は？」

筒井は訊いた。自分が直接攻撃されたわけでもないのに憎悪を募らせ、殺人にまで及んでしまう岸の行動も理解に苦しむが、匿名アカウントで執拗《しつよう》に一人の小説家を攻撃する柊子の行動も、正直よくわからなかった。面識があり、酷《ひど》い目に遭わされた過去があるのかもしれない。

だが違った。

「いいえ。会ったことはありません」

「どうして、ＳＮＳで佐藤青南を批判していたんですか」

その質問をしたのは、綿貫だ。

「小説を愛しているから、でしょうか」

「小説を……」

さすが読書家は言葉の選び方が違うなと、筒井は変なところで感心してしまう。

「ええ。私も和生さんも、小説が大好きなんです」

それはこの家の状況を見ればわかる。

「そんな私からしたら、佐藤青南は小説家として、とても認められる存在ではありませんでした。優秀なビジネスマンではあるかもしれないけど、ぜったいに小説家とは呼びたくありません。大好きな作家さんたちと一緒に書店の売り上げランキングに並んでいること自体、小説にたいする冒瀆だとすら思えます」

「それは、ＳＮＳで指摘されていた盗作疑惑が関係しているのですか」

綿貫が電話に出ている間、筒井は『ＴＫ＠佐藤青南から文学を守る』の投稿を一通りチェックしていた。川田が佐藤青南を激しく攻撃するようになったのはここ半年ぐらいのことで、それ以前は、仕事の愚痴、どこかに出かけた、なにを食べた、どういう本を読んだなど、たわいのない投稿が大半を占めていた。その時代の投稿を見れば、その気になればある程度の生活圏は絞り込めると、筒井は思った。とくに近所の野良猫を撮影した写真などは、個人情報の宝庫だった。背景に住居番号表示板が映り込んでいるものもあったし、おそらくこの部屋のベランダから撮影したと思われるものもあり、撮影角度から部屋番号の特定も可能だったろう。

――いま読んでる本、神尾馨《かみおかおる》先生の『降霊探偵《こうれいたんてい》』と展開がまったく同じだ。似ているというレベルじゃなくて、ほぼ引用といえるぐらい。これって大丈夫なの？

佐藤青南という名前は明記されていないが、おそらく半年前のこの投稿が、最初に佐藤青南作品に言及したものだろう。その後は佐藤青南作品が、誰のどの作品を元にしているのかという、パクリ検証がたびたび行われている。

「ええ。最初に佐藤青南の本を買ってきたのは、彼――和生さんでした。よくランキングに入っていたので私も名前は知っていたけど、なんとなくタイミングが合わなくて、読んだことがなかったんです。すごく人気があるみたいだし、楽しみに読んだのですが、正直驚きました。文章が下手とかキャラが類型的とか展開が平板とか、そういうのではないんです。初めて読んだのにものすごい既視感というか、既読感に襲われたんです。それで気づきました。これって『降霊探偵』とまったく同じじゃないか……って。私は神尾馨先生の大ファンで、『降霊探偵』のシリーズも全巻揃《そろ》えています。だから本棚から引っ張り出して読み比べてみました。そしたら、似ているどころではなくて、ほぼ同じで、文章の語尾を『だ』から『だった』とか『である』に書き換えているだけのようなところもたくさん見つかって……」

川田は昂《たかぶ》りを抑えようとするかのように、唾を飲み込んだ。

「我々は出版業界のことはよくわからないのですが、そういうのは、訴えられたりしないものなんですか」

筒井の質問に、川田は難しい顔になった。

「そういう事例もないわけではないですけど、どこまでがパクリでどこまでがパクリじゃないのか、あるいはパクリなのかオマージュなのか、パロディなのか。線引きはかなり曖昧ですし、細かいことを言い出したらキリがないので、比較的寛容ではあると思います。表現の自由、言論の自由は憲法で保障されていますから。もっとも、そのせいでデタラメな健康法を勧めるトンデモ医療本や、特定の国や民族を貶《おとし》めるヘイト本も、市場にあふれている現状があるのですが。ともかく、内容が似ているなどの理由で訴訟になるケースは少ない業界だと思います。それに、神尾先生はすでに亡くなられています」

すでにこの世にいないのなら、本人が声を上げることはできない。

「でも最初は、好きになれないと思っただけでした。神尾先生の作品が汚されたようで不快でしたが、考えてみれば、神尾先生をパクるぐらい好きなのかもしれない。だとすれば、私も、佐藤も、同じ神尾ワールドファンなのだから、鷹揚《おうよう》に捉えよう。二次創作をするような熱烈なファンが、たまたまプロの作家になってしまった。そういうことなのかもしれない……って。だけどその後、佐藤のインタビュー記事を読む機会があって」

本を扱う雑誌ではなく、経済誌に掲載されたインタビューだったそうだ。その記事の中で、佐藤は『本の課金ビジネス化』について語っていた。

曰《いわ》く、音楽を聴くのが目的なら、いまは誰もCDなんて買わない。握手券という付加価値をつけることで、一人の顧客に複数枚を購入させるビジネスモデルができあがった。それだけではなく、現代は「推し」にたいしてどれだけのお金を遣うかで、愛情の強さを表現する時代だ。スマホゲームやVtuberのライブ配信などでも、千五百円の単行本を高価だといって購入を躊躇《ためら》う層が、こぞって万単位の金額を注《つ》ぎ込んでいる。ただでさえ人口が減少している状況で娯楽の多様化が進んでおり、もはや広く浅く大衆に受け入れられるコンテンツを作るのは難しい。だとしたら、一人の消費者にいかにお金を遣わせるかがコンテンツビジネスのポイントとなる。そういう意味で、一人に一冊という従来の出版ビジネスでは苦しい。一人で複数冊購入させることで、著者を応援する課金ビジネスモデルを構築していくべきだ。なぜほかの著者がこれをやらないのか理解できない。出版業界は変わるべきで、自分は変革の先鞭《せんべん》を付けている。

「ぜんぶ計算で、ぜんぶわかってやってるんだと気づきました。この人が成功してしまったら、私の好きだった文学の世界は滅びてしまう。そんなふうに危機感を覚えて、SNSで発信するようになったんです」

それから川田は佐藤のオンラインサロンについて調べるようになった。その実態は、ほとんど新興宗教のように思えたという。教祖が本を書き、信者が複数冊購入してランキングを上げる。同じ本を何冊購入したかがサロン会員の間ではステータスにもなるようで、サロン会員のSNSアカウントでは、十冊買った、二十冊買ったというマウント合戦が繰り広げられることもあった。サロン会員にたいして先行販売と称して何十冊も売りつけ、それを各自、個人で販売させるというネットワークビジネス的な手法もとられていた。

「そうやって発売前重版に持っていくそうなんです。普通の読者はそんな本が発売されることも知らないし、楽しみにもしていないのに、発売前重版なんです。おかしいですよね。発売前重版なんて当たり前じゃないですか。会員にまとめ買いさせているんですから」

川田の語り口がこのへんから熱を帯びてきたのには、理由があった。彼女の母親がマルチ商法に嵌《は》まり、老後の蓄えをすべて吐き出してしまったらしいのだ。金があるうちは頻繁に連絡をくれていたマルチ商法の『仲間』たちも、母の蓄えが尽きると蜘《く》蛛《も》の子を散らすように消え去った。それが直接の原因ではないかもしれないが、その後母は病に臥《ふ》せり、ほどなく病死した。彼女にとって佐藤青南オンラインサロンの活動は、かつての苦い経験を思い出させるものだった。

佐藤への批判を投稿するようになってから、オンラインサロンの会員らしき匿名アカウントから脅迫めいたメールを送りつけられることもあった。恐怖心はあったが、義憤のほうが勝った。ネット越しに脅迫してくるような連中が、現実で行動に移すはずがないと決めつけ、見くびってもいた。自分の投稿に賛同して応援してくれる者も少なくなかったため、乗せられて引っ込みがつかなくなった部分もあったかもしれないと、川田は自己分析した。

「和生さんからはもうやめにしたほうがいいといわれていたのに……どうして素直にいうことを聞かなかったんだろう」

気丈に振る舞っていた川田だったが、最後はそういって肩を震わせた。

その後、一時間ほど話を聞いてマンションを出た。

「お母さんがマルチ商法の餌食になっていたから、あれほど佐藤青南を嫌っていたんですね」

　エントランスを抜けながら、綿貫が気の毒そうに建物を振り仰ぐ。

「だな。ひとまずは岸も自供したみたいでよかった」

　筒井はしかめっ面でボリボリと顎をかいた。何度経験しても、女性の涙は苦手だ。川田柊子への同情が半分、愁嘆場から解放された安堵が半分といった心境だった。

「岸は過去の通り魔殺人にもかかわっているんでしょうか」

「そのへんは楯岡が追及するだろうが……おれの勘では、過去三件は岸の手によるものではない。岸は今回の事件で、被害者に馬乗りになって十二回も刺している。途中で被害者が絶命した後も繰り返し刺した。岸はおそらく、殺人に慣れていない」

「そうか。岸が一連の通り魔殺人の犯人だと考えれば、今回で四度目の殺人ということになる。犯行に慣れていないはずがない」

「ああ。人脈がまったくつながっていないから逮捕まで時間がかかったが、犯行の手口自体はまったく洗練されていない。連続殺人犯っていうのは、学習して手口が洗練されるものだ」

　だが岸の犯行には、まったく成長や学習の跡が見られない。

「そうですね。じゃあ、今回の事件と過去の通り魔殺人は無関係――」

やや落胆した様子の綿貫に、筒井は「そうでもないぞ」と声をかぶせた。

「岸は関係していないかもしれないが、佐藤青南が関係している可能性は、おおいにある」

一瞬きょとんとした綿貫が、大きく目を見開く。

「なるほど。結果的に人違いだったけど、岸の標的は佐藤をSNSで批判していたアンチだった。もしかして、以前の三件の被害者も……」

「同じだったかもしれない」

過去の三件の通り魔殺人の被害者たちは、人間関係で目に見えるかたちのトラブルを抱えていなかった。もしかしたら、川田柊子と同じように、インターネットで佐藤を攻撃していたのかもしれない。岸の場合と同じく、犯人が被害者の人脈や生活圏とはまったく関係のない場所からやってきていたとすれば、捜査が難航するのも納得がいく。

ということは、佐藤青南による殺人教唆——？

一連の事件の手口は共通している。

佐藤青南が自らを信奉するオンラインサロンの会員に指示を出し、SNSで批判を繰り返すアカウント主を排除していった。

悪くない筋だ。ありえない話ではない。

「過去三件の通り魔事件の被害者たちのＳＮＳを洗い直してみるか」

「わかりました」

二人は早足で駅への道のりを急いだ。

6

「それはありえません」

かぶりを振る岸に、不審なマイクロジェスチャーは見られない。

「本当に？　本当に、佐藤青南から殺人の指示を受けてはいない？」

もう一度質問し直しても、結果は同じだった。

「指示はされていません。青南さんから、なにかしら具体的な指示を受けた事実はありません」

なだめ行動もマイクロジェスチャーもない。

岸の取り調べは続いていた。

――青南さんは関係ない！

そう口を滑らせてからの岸は、拍子抜けするほど素直に犯行を認め、態度もしおらしくなった。凶器の包丁はすでに燃えないゴミとして回収済みだが、パソコンに殺害現場周辺を調べた検索履歴などの証拠が残されているという。いまは家宅捜索のために、捜査員が岸の自宅アパートに向かっている。

絵麻は紙コップを口に運び、唇を潤した。

「ここ二年のうちに都内で散発的に発生した、三件の通り魔殺人事件のことは知っているわね」

「なんとなく、覚えています」

岸のしぐさを見る限り、その言葉に嘘はない。警察関係者にとってはかなりインパクトのある事件だが、事件と無関係の一般市民にとってはその程度の認識かもしれない。

そう。岸は過去の三件の通り魔殺人事件とは無関係だった。とくに関心を抱いて事件を調べたということもなさそうだ。

にもかかわらず。

「おかしいのよね。きみの手口は、それら三件と共通している。でも、きみはそれらの事件に、ことさら関心を寄せたふうでもない」

だから犯行を佐藤から指南されたのかと思ったのだが。

佐藤からの指示を否定する岸からは、不審なマイクロジェスチャーが見られないのだった。

「二年前、渋谷区幡ヶ谷で大学生の向井嘉人《むかいよしと》さんが殺害された事件、一年半前に江東区東砂で劇団員の正岡康一郎《まさおかこういちろう》さんが殺害された事件、八か月前に品川区南大井でアルバイトの北尾早希《きたおさき》さんが殺害された事件。いずれの事件も、被害者は帰宅途中に背後から襲われた。凶器は鋭い刃物とみられる。現場は防犯カメラなどのない、人通りの少ない道。きみの犯行も含めて、手口はまったく同じ。だからきみが報道に触れていたのならば、手口を模倣したのだろうと納得できる。でもきみは、事件の報道の詳細を、ほとんど意識していない。なのにどうして、まったく同じ手口になったの。誰かにやり方を教えてもらったわけでもないのよね」

「はい」やはり嘘ではない。

「なら、どうやってこの手口を思いついたの」

ひとけのない夜道で、包丁で背後から刺すという方法自体は、別段目新しいものではない。偶然か。たまたま手口が同じになった、というだけだろうか。

だが岸は予想外の告白をした。

「青南さんの小説を真似したんです」

「小説を?」

「はい。『心理学刑事・簗山みどり』シリーズの三作目に登場した乱橋《らんばし》という犯人の手口がそうでした。作中で殺人衝動に取り憑《と つ》かれた乱橋が、連続殺人を繰り返します。

その手口が、まったく地縁のない土地で、顔も知らない相手を背後から襲うというものでした。シリーズ中でも、主人公の築山みどりがもっとも苦戦を強いられる作品ですが、その中でみどりがいうんです。殺人事件の半数以上が親族間の殺人。知人間の犯行にまで範囲を広げれば、殺人事件全体の九割に達する。だからほとんどの殺人事件では、犯人は被害者の人間関係の中にいる。そして、そうでない場合の検挙率はぐっと低くなる。人を殺したいのなら、見知らぬ土地に行って知らない相手を狙うのがいちばんだ……って」

驚きのあまり、話を聞きながら呆然としていた。

我に返って質問する。

「その話の中で、犯人の使用する凶器は？」

「包丁でした。それだけを購入しても怪しまれないように、合羽橋《かっぱばし》道具街まで出かけて」

合羽橋は東京都台東区《たいとう》にある、調理器具や包材、食品サンプルなどを扱う店が集まった有名な問屋街だ。包丁専門店もあったはずなので、包丁を購入したところで怪しまれも、店主の記憶に残りもしないだろう。

「もしかして、それも小説に？」

「はい。犯人は合羽橋道具街で包丁を買ったと書いてありました。よく知らなかったけど、調べてみたら、たしかに自分が包丁を買っても店主に顔を覚えられることもないと思い、真似しました」

言葉が出てこない。

佐藤をSNSで批判したアンチを、オンラインサロンの会員が殺そうとした。だが犯人の岸は、佐藤から直接命令されたわけではない。あくまで佐藤を『同一視』する岸が、自分の意思で犯行に及んだ。その手口は、佐藤青南の推理小説に登場した、主人公を手こずらせる犯人を真似たものだった。

「わかったでしょう。青南さんはいっさい関与していない。悪いのは僕です。僕だけの責任なんです」

岸はそういうが、本当にそうだろうか。岸は嘘をついてはいないし、供述を受け入れるならば、たしかに佐藤に責任はない。そういうことになる。

だが本当に責任はないのか。

佐藤には、自分の信奉者にアンチを攻撃させようという意思が、本当になかったのだろうか。

すべてが佐藤の計算通りだった、という可能性はないのか。

「『TK』に殺意を抱いたきっかけは、佐藤のメルマガだったわよね」

「何度かメルマガでその名が挙がるうちに、おれも自分が悪口をいわれているような気がして腹が立ってきて、ずっとそいつのことばかり考えるようになって、いっそ殺してやろうかという考えに至りました。そのときに、築山みどりシリーズに登場する乱橋の話を思い出したんです。おれは『TK』とSNSで絡んだこともないし、もちろん面識もないし、どこに住んでいるかすら知らない。そんなおれが『TK』の身元を特定して殺害すれば、警察も犯人の足跡を辿《たど》ることができないんじゃないか……そう思いました」

「そのときのメルマガ、見せてもらえる?」

「自宅のPCで受信していたので、いますぐには見せられません」

岸のパソコンは、家宅捜索で押収されるだろう。

「メルマガの中で、佐藤は『TK』のことをどういっていたの」

「どう、といわれても……」

困惑した様子で瞬きされた。

「死ねとか、殺すとか、消えたほうがいい、とか」

言葉の途中から、岸はかぶりを振っていた。

「まさか。青南さんは小説の中以外で、そんなネガティブな言葉は使いません。言霊《ことだま》を信じているんです」

「でも『TK』を批判していた」

「ええ。でもそんな激しい言葉は使っていません。他人を非難することでしか自分の存在意義を見出せない悲しい人だとか、他人の足を引っ張って夢を邪魔することを生きがいにしているのには哀れみを覚える、とか。抑制の効いた言葉使いだったけど、かなり傷ついてもいたようで、名前も顔も知らない『ＴＫ』が夢に出てきてよく眠れないとも書かれていました。青南さんは人生の限られた時間を有効活用するために三時間睡眠を続けていたのですが、『ＴＫ』の悪夢のせいで三時間では足りなくなり、疲れが溜《た》まっていると」

「それだけ？」

無意識に顔をしかめてしまった。『ＴＫ』を槍玉《やりだま》に挙げてはいるが、どちらかといえば被害者を装っている。信奉者をけしかける意図があったとすれば、かなり巧みなやり方だ。

「それだけです。殺せとか消せなんて、そんなこと、青南さんはいいません。心の広い人ですから。むしろこの話を聞いて『ＴＫ』の身元を特定したり、危害を加えようとするのはやめてほしいと、そう強調されていました」

完璧だと、絵麻は思った。

カリギュラ効果。佐藤はサロンの会員に『ＴＫ』の身元を特定したり危害を加えるなと釘を刺しているが、真意は逆だ。人間は禁止されるほどやってみたくなる。それでも大部分は佐藤の発言を言葉通りに受け取る。しかし佐藤にとっては、禁を破ってくれるメンバーが一人いればじゅうぶんなのだ。

「わかった。少し休憩にしましょう」

絵麻は椅子を引いて立ち上がった。

取調室を出て廊下を歩く。西野が追いかけてきた。

「驚きましたね。岸が小説に登場する犯人の行動をなぞっていたなんて。僕も最初は佐藤の命令なのかと思っていたけど――」

「命令はないけど、作為はある」

西野が小さな目を見開いた。

「佐藤は今回の結果を狙っていたってことですか」

「おそらくね」

いや、間違いない。佐藤青南は自らの信奉者が『TK@佐藤青南から文学を守る』のアカウント主を排除することを期待していた。

「でも岸の供述通りなら、佐藤に殺人教唆を適用することもできません」

「わかってる」

そして岸の供述に嘘はない。つまり佐藤を罪に問うことはできない。

そのとき、西野のスマートフォンが鳴った。

「綿貫さんだ」

失礼します、とスマートフォンを耳にあてる。

はい、はい、えっ、本当ですか。通話は二分ほどで終わった。

「『TK』はやはり、被害者の同棲相手である川田柊子だったようです」

予想通りだったので驚きはない。

「ほかには、なんて？」

「過去三件の通り魔殺人事件の被害者がＳＮＳで佐藤青南を批判していなかったか、調べてみるそうです」

へえっ、と声が漏れた。

「さすがじゃない。かび臭い昭和の刑事の勘ってやつも、捨てたものじゃないわね」

「楯岡さんもそう思いますか。一連の通り魔殺人は、佐藤青南オンラインサロンの会員の仕業だって」

「断言はできないけど、その可能性はある。どのみち過去の通り魔殺人については捜査も行き詰まっていたのだから、アプローチを変える必要があるでしょう。今回の岸と被害者みたいに、生活圏も人脈もまったくつながりがなければ、たしかに警察の捜査が犯人まで辿り着くのは難しい。佐藤は直接でなくとも、作品を通じてサロン会員にそのことを教授してもいる。今回の岸と同じように、ほかのアンチを排除しようと動いた人間がいたのかもしれない。岸は下手を打ったけど、過去三件の犯人は上手くやり遂げた」

「岸を逮捕できたのだって、岸が捨てたゴミ袋から証拠品が出てきたという完全なラッキーでしたもんね。あれがなければ、岸を捕まえることは難しかった」

「自責の念に駆られて岸が自首したりしない限り、捕まらなかったでしょうね」

「筒井さんたちがそっちの線で動くなら、僕たちも佐藤青南に話を聞きに行きますか」

「まだ早い」

絵麻は軽く手を挙げ、西野を振り返った。

「あんた、最近運動不足で身体がなまってるでしょう」

西野が首をかしげる。

まずは敵をよく知ってから。

対決はそれからだ。

7

かくん、と首を折ってから、西野は慌てて上体を起こした。

口の端に垂れたよだれを手の甲で拭い、文庫本のページをめくる。いつの間にか本を閉じてしまっていて、どこまで読んだのかわからない。

「三十五ページ」

隣のデスクから楯岡の声が飛んできた。彼女も両手で文庫本を開いている。よく他人が読んだページ数まで数えてるな。

口の中が粘ついていて、上手く舌がまわらない。「ありがとうございます」といおうとして「あひはほうほはいはふ」になる。

楯岡にいわれたとおり、三十五ページを開いた。

ところが、なにがなんだかわからない。吉岡《よしおか》って誰だ？　なんで主人公にこんな馴《な》れ馴《な》れしい口を利いている？　っていうか、誰が殺されたんだっけ？　いま普通にしゃべっているこいつ、死んだはずじゃ……。

「やめといたら。嫌いなものを無理して吸収しようとしても、脳が萎縮するだけよ」

ぱらり、とページをめくる音がする。

「すみません。絵がないとストーリーがぜんぜん頭に入ってこなくって」

いちおう三十五ページに栞《しおり》を挟み、本を閉じた。

「まだ序盤も序盤じゃない。そんなんでよく刑事やってられるわね。供述調書なんかダラダラ長ったらしいじゃないの」

「あれには慣れました」

実は目が滑って内容が頭に入っていないことが多いし、よく眠くなっている、とはさすがにいえない。

が、「なだめ行動出てるけどね」と冷めた視線を向けられ、自分の首をかいているのに気づいた。

「っていうかさすが楯岡さん、読むの速いですね」

楯岡が開いた文庫本の端に振られたページ数は、三百を超えていた。

「あんた、何時間寝てたと思ってるの」

えっ、と頬が強張る。腕時計に目を落とすと、二時間以上が経過していた。一瞬、寝落ちしそうになった程度だと思っていたが。

二人は刑事部屋の自分のデスクで読書に耽《ふけ》っている。とはいえ、本当に読書しているといえるのは楯岡だけで、西野はその隣で眠りこけていただけらしい。

佐藤と直接対決か、と思いきや、楯岡が足を向けたのは有楽町駅前にある大型書店だった。そこで楯岡は佐藤の著作を大量に購入した。実際に会う前に、まずは佐藤についてよく知っておきたいという。

インターネットで調べたところ、佐藤の著作はデビュー十年で五十冊ほどあった。最初の五年では三冊しか出せなかったのに、最近五年で四十五冊以上を刊行するという驚異的なペースだ。とくにここ三年は月に一冊近いペースで本が出ているようだ。

さすがに一店舗で刊行された全作品を揃えることはできなかったものの、かなりの数を買い込むことになった。

佐藤の本がいっぱいに詰まった紙袋を両手に持って帰りながら、運動不足云々《うんぬん》はこういうことかと、西野は思った。紙は意外なほど重い。まだ両腕が少し張っている。

楯岡が本を閉じ、デスクに積み上げた本の山の上に置いた。

別のところから取り出した本を開き、読み始める。

「えっ……もしかして、これ全部読んだんですか。読むの速くないですか」

西野は楯岡のデスクに積み上げられた本を指差した。

「あんたが遅すぎるの」

「それにしても二時間でこの冊数は、速すぎるでしょう」

数えてみると、楯岡が読了した本は五冊だった。

「趣味で読んでるわけじゃないから。いちいち情景を想像したりせず、内容を確認しているだけだし」

「そうはいっても、読んでるうちに感情移入しちゃいませんか」

「三十五ページで寝落ちする男が、よくいうわよ」

あきれたように一瞥《いちべつ》された。

「けど、あんたの眠くなる気持ちもわかる。もっと文章が上手ければ、少しは感情移入しちゃったかもね」

「おもしろくないんですか」

「おもしろくなかったから三十五ページで寝たんじゃないの？」

「これからおもしろくなるのかな……と」

西野は笑いながら後頭部をかく。

「私もそれほどたくさん小説を読んでいるわけじゃないから、上手いとか下手とかわからないと思っていたけど、素人目にもわかりやすく下手だし、つまらない。それでもデビュー作はそこそこおもしろかったんだけど、最近のは本当にひどい。そこらのアマチュアが書いたほうがマシなものになりそう」

「なら僕が書いたほうがおもしろいですかね」

自分を指差す西野のアピールを「いくらなんでもそれはないけど」と一刀両断にし、楯岡は続ける。

「どれもおもしろくないという点では共通しているけど、そのおもしろくなさの方向性がまちまちというか、これはキャラクターがつまらない、これは設定がつまらない、これは文章がひどい、という感じでかなり散漫な印象を受ける。他人の作品をパクっているという指摘もあるみたいだけど、パクってこれなら目も当てられないわね。もしかしたら自分で書いていないのかしら」

「ゴーストライターがいるってことですか。自分で書いていない作家なんて、もはや作家でもなんでもないですよ」

「それか、よほど適当に書いてるか。とにかく、こんなんじゃ大きな賞の候補に選ばれるはずがない。大御所作家と揉めたから干されてるなんて、よくいえたものだわ。本気でそう考えているのなら、認知が歪みに歪んでいる」

「でもすごく売れてるし、オンラインサロンの会員数もすごいみたいです。三万人でしたっけ」

　西野はマウスを操作し、パソコンのディスプレイに『佐藤青南オンラインサロン』のホームページを開いた。ひと月の会費が三千円だから、週に一度のメルマガ配信で九千万円もの売上になる。地道に働くのが馬鹿馬鹿しくなるような金額だ。

「売れてるのはサロンの会員が買い支えているからでしょう。その売れている事実によって成功が演出され、事情をよく知らない人も佐藤の本を手に取るし、さらなる成功を手にした佐藤のサロンには会員が集まる。人っていうのは成功者に憧れて群がるものだけど、実際には、その憧れ群がっている連中が成功者を成功させているのよね。だから詐欺師は成功者を演じる」

　くだらない、と楯岡が鼻を鳴らす。

「よくできてますねえ。卵が先か鶏が先か、って感じだ」

そこでふと考えた。

「でもいまはそうかもしれませんけど、最初は本当に売れないといけませんよね」

その後はさっき楯岡が説明したような循環が可能になるが、それにしてもきっかけは必要だ。

楯岡は開いていた本から視線を上げた。

「佐藤がブレイクした……といえるのかわからないけど、売上ランキングに顔を見せるようになったのは、いまから五年前に天啓出版《てんけいしゅっぱん》から刊行された『殺人堂《さつじんどう》にようこそ』。佐藤は十年前に稿栄社《こうえいしゃ》という出版社主催の『このサスペンスがすごい！』大賞の奨励《しょうれい》賞を受賞し、『小さかったら高く跳べ』でデビューしたものの、最初の三作は鳴かず飛ばずで依頼もなくなり、断筆の危機に陥っている」

小説の仕事がなくなった佐藤が始めたのが、カルチャーセンターの小説講座の講師だった。報酬は小遣い程度にしかならず、それ以外にもいくつかのアルバイトを掛け持ちしないと生活していけない状態だったが、ここで佐藤の人心掌握の才能が開花する。受講生から熱烈な支持を受けた講座に、申し込みが殺到するようになったのだ。カルチャーセンター側が講座のコマ数を増やしても対応しきれず、受講が抽選制になったというから、その人気のほどがうかがえる。佐藤自身も手応えを感じたのだろう。やがてカルチャーセンターから独立し、自らの小説講座を開設した。この小説講座が、現在のオンラインサロンの母体となった。

「佐藤は自らの作品のクオリティや講義の内容よりも、人たらしの才能で受講生を増やし、小説講座を大きくしていった。そして満を持して発売されたのが『殺人堂にようこそ』だったというわけ」

　楯岡いわく、その経緯についてはインタビュー記事や自著のあとがきなどでたびたび記されている。

「じゃあ、最初の売れ方からしていわく付きだったわけだ」

「そういうこと。実際に『殺人堂にようこそ』という作品はかなり売れたけど、専門家たちの間では話題にすらならず、各種ミステリーランキングでも、かすりもしなかった。だからこそ、佐藤は余計に、従来のいわゆる文壇を過剰に敵視するようになっていったのかもしれない。こんなに売れている自分の作品が評価されないのはおかしい。公正な評価システムが存在していない。文壇は腐敗している。自分の作品が文学賞の候補にならないのは、選考委員に嫌われたせいだ。防衛機制の『投影』ね」

「自分の作品がつまらないのを棚に上げて、ひどいいちゃもんだな」

「これがプロデビューできない小説家志望の言い分なら、誰も耳を貸さない。評価システムを批判する前に、もっとおもしろい作品を書くために努力するべきだ、で片付けられる。でも佐藤の場合、いちおうは新人賞の受賞歴も、プロ作家としての肩書きもある。そしてプロとして生徒に教えている」

「もしかしてハロー効果、ですか」

西野が指摘すると、楯岡は意外そうに目を見開いた。

「あんたも少しは成長してるのね」

「伊達に何年もエンマ様のお守《も》りをしているわけじゃないですよ」

「お守り？」

ぎろりと細められた視線から殺意を感じ、「お守りじゃなくて大盛りですよ。大盛り。大盛りの薫陶を受けております」ととっさに言い訳した。このあたりの反射神経も、楯岡のおかげで磨かれた。

「なにそれ。意味わからないんだけど」

楯岡はあきれたように小さく笑った。

ともかくハロー効果とは、目立ちやすい特徴に引きずられて、ほかの部分にたいする評価も歪められる心理効果のことだ。佐藤には文学賞の選考過程など知る由もない。その点では小説家志望のアマチュアと変わらないのに、プロの作家という肩書きのせいで信憑《しんぴょう》性が担保される。

「佐藤の場合は本物の作家で出版業界の中にいる人間だから、厳密な意味でのハロー効果といえるかは微妙なところだけど、認知が大きく歪んでいるのは間違いない。売れているのに評価されないのは、不正な選考が行われているから。ただ作品を届けたいだけなのに、そのやり方がＳＮＳで批判されるのは、成功者への嫉妬、あるいは出版業界の古臭い慣習があるから。もっとも、そうやって外部に敵を作ることで身内の結束を高める効果もあるから、自覚的にやっている部分もあるのかもしれない」

「自覚的に、ですか」

「心理学をモチーフにした刑事ものを書いてるぐらいだから、多少は覚えもあるんじゃないの」

「だとしたら強敵ですね」

「だからこうやって、おもしろくもない本を読んで予習してるんじゃない」

「微力ながら、僕もお手伝いします」

西野はあらためて三十五ページを開こうとしたが、

「あんたはもういい」と本を取り上げられた。

「本を開くたびに居眠りしているようじゃ、一冊読み終わるのに何日かかるのかわかったものじゃない。佐藤が出てくる動画をネットで探して再生して」

不服そうに口を尖らせてみるが、内心ではホッとしていた。

西野はパソコンで動画投稿サイトを開いた。

検索窓に『佐藤青南』という単語を打ち込んでみる。サムネイルがずらりと表示された。

「かなりありますね。っていうか、オンラインサロンでチャンネルを持っているみたいです」

西野は縦に並んだサムネイルを上から順に再生した。サロン会員同士が語り合うだけで、佐藤本人は出演しないものもある。シークバー上でスライダーを移動させて動画の内容を確認し、佐藤が登場するシーンだけを流す。

『今回は命を削って書きました。これほど手応えのある作品は、もう二度と書けないかもしれない。この作品がなんの賞レースにも引っかからなかったら、僕は筆を折ります』

バストアップの佐藤が充実感を浮かべながら語る姿が、画面に表示された。それはオンラインサロンのチャンネルにアップされたもので、サロン会員の質問に佐藤青南が答えるインタビュー形式の動画だった。

次の動画を再生してみる。

『あの作品が賞レースの候補にならないなんて、どう考えてもおかしい。僕らのあずかり知らないところで大きな力が動いている。そんな気がしてなりません。そういう卑怯《ひきょう》な人たちの圧力に屈しないと証明するためにも、僕は今後も良い作品を生み出していかないといけない。けっして筆を折ってはいけない。文章は僕らの武器なのです』

「あれ……」

なんかいってることが矛盾してないか？

そう思って首をひねっていると、隣で楯岡が冷たい笑いを漏らした。

「口が達者で表面は魅力的。自尊心が過大で自己中心的。慢性的に平然と嘘をつく。罪悪感が皆無。行動にたいする責任がまったくとれない。サイコパスね。熱狂的な信者を生み出す教祖的存在はだいたいそうだから、驚きはないけれど」

「サロンの会員は佐藤の発言の矛盾に気づかないんですか」

「気づく人は離れていくというだけの話」

「そっか。おかしいと思ったらやめるのか」

「そ。まともな感覚の持ち主が離れていった結果、残るのは盲目的に佐藤を支持する信者ばかりになる。そういった環境に身を置いていると、いっさいの批判を許さない空気が醸成され、内部の人間の思想が先鋭化していく。いわゆるエコーチェンバー現象」

「エコーチェンバー？」

「エコーチェンバーというのは、音楽の録音をするための残響室のこと。発した言葉が壁に反響して自分に返ってくるように、同じ思想を持つ人に意見をぶつけると、当然ながら自分の意見は肯定される。自分と似たような意見を持つ人ばかりの閉鎖的空間で意見交換を繰り返せば、特定の思想や信念が強化される。そうやって身内で互いを肯定し合うことにより、自分たちが間違っているとはつゆほども疑わなくなる」

「だからSNSで批判しただけで命を狙われる。本当に宗教みたいですね」

まあね、と楯岡が頬杖をつく。

「宗教に限らず、人は居場所を求めるものよ。悪賢いやつは、だから人に居場所を与える。あなたがいて助かった。あなたのおかげだ。あなたの力が必要だ。そんなふうにいわれて悪い気がする人間はいない。だからオンラインサロンなんかにのめり込む人種は、学ぶためではなく、自分を肯定してもらうために金を払っているのかもしれない」

「お金を払って肯定してもらったところで、嬉《うれ》しいんですかね」

理解できない思考だと思ったが、「キャバクラ中毒がよくいうわよ」と指摘され、はっとした。

「いまは行ってません。でも、たしかにそうだ。お金を払って肯定してもらうという意味では、同じですね。宗教もオンラインサロンも、キャバクラと同じってことですか」

「人間は人間とかかわりたいってことじゃないの。認められたいし、肯定されたい。たとえ相手が金目当てだとしても」

その後も楯岡が本を読む横で、西野は佐藤の映像を検索しては再生し続けた。

そして一時間が経過したころだった。

『青南さんの小説はリアリティがすごいと、読者の間で評判ですが――』

読者っていうか、サロン会員じゃないかよ。

ディスプレイに流れる映像を見ながら、西野はうんざりとした息を吐いた。

佐藤のオンラインサロンが制作した、佐藤へのインタビュー動画だった。一週間前に生配信されたもののアーカイブらしい。

インタビュアーをつとめるショートボブの毛先がくるんと内巻きになった、愛嬌《あいきょう》のある女性は、このチャンネルの中心人物だろうか。これまで見た動画にかなりの頻度で登場している。おかげで『原恵里奈《はらえりな》』という名前もすっかり覚えてしまった。

原は黒目がちな瞳をキラキラと輝かせながら、佐藤を見つめる。こんな顔をしているところを見たら、彼女が佐藤にたんなる尊敬以上の感情を抱いているのは、楯岡でなくてもわかる。

『リアリティね。よく言われるかな』

佐藤が微笑を湛《たた》えながら答えた。褒められてもまったく謙遜《けんそん》しないし、遠慮も照れもないのは感心する。楯岡の指摘する通り、よほど自己評価が高いらしい。

『ええ。本当に、〈心理学刑事・築山みどり〉シリーズの警察の描写なんか、もともと警察官だったのかと思うほどリアルで驚かされます』

いやいや嘘つけ。心理学を駆使して事件を解決する刑事なんて実際は——。

あ、隣にいた。

それはともかく、とんだマッチポンプだ。『小説家志望者に創作の秘訣《ひけつ》を教える』というタイトルがついた動画なのに、インタビュアーがひたすら佐藤を持ち上げるだけじゃないか。

原が潤んだ瞳で語りかける。

『やっぱり、綿密に取材をされているんですか』

『取材？　冗談でしょ。取材なんか僕には必要ない』

佐藤が気障《きざ》っぽくかぶりを振る。

写真だけだとたいしてイケメンでもないと思っていたのに、動画を見ているうちにだんだんかっこよく見えてくるのはなぜだろう。自信満々の態度のせいだろうか。

『取材せずにどうやってあのリアリティを？　もしかして青南さん、元警察官ですか』

原の発言が露骨なご機嫌取りに思えて、本当にキャバクラだな、と西野は思った。

そういえば、すっかりキャバクラから足が遠のいてしまったな。

ま、いいことなんだろうけど。

『元警察官？　違うよ』

『でも青南さんなら、どこに入ってもやっていけそう』

ははは、と高らかな笑い声が挟まる。

そして佐藤は人差し指で自分の側頭部をとんとん、と叩いた。

『作家の最大の武器はここ。想像力。経験したことしか書けないようなら、ミステリー作家はみんな人を殺した経験があるってことになる』

『そうですね。ミステリーといえば、人が死ぬ話が多いですもんね』

原が肩をすくめた。

『そう。そんなわけがないよね』

「なあんだ」

ふいに隣から声がして振り向くと、楯岡がディスプレイに視線を向けていた。

「どうしたんですか」

「いや。しっかり自覚あるんだ、と思って」

「なんのですか」

「人を殺した自覚よ」

「えっ……まさか」

慌ててマウスを操作し、動画の再生を停止した。シークバー上にポインターを移動させ、時間を少し前に戻した。

『作家の最大の武器はここ』から再生が開始された。

『――ミステリーといえば、人が死ぬ話が多いですもんね』

『そう。そんなわけがないよね』

一時停止する。

「ここですか」

ミステリー作家はみんな人を殺した経験がある。

そんなわけがない。

おそらく自分の発言を否定する際に、なだめ行動かマイクロジェスチャーが表れたのだろう。西野にはわからないが、楯岡は気づいたのだ。

「あんたも少しは成長したみたいね」

楯岡はそういって、にやりと不敵な笑みを浮かべた。

第二章

困ったら死体を転がせ

腕組みでじっと一点を見つめていた筒井が、低いうなり声とともに顔を上げた。

「わからん。本当にその、なだめ行動とやらは出てるのか」

「だから常人にはわからないんですって」

西野の忠告は、先ほどから無視され続けている。筒井は眉間に皺を寄せ、ディスプレイから視線を逸らそうとしない。

そして人差し指を立てた。

「もう一度、同じところを流してくれ」

勘弁してくださいよ、と綿貫を振り返るも、筒井さんを諫《いさ》めるなんてできるわけないだろう、という感じで顔を左右に振られた。

西野はマウスを操作し、シークバー上でスライダーを移動させた。

『作家の最大の武器はここ――』

すでに三十回近く見た場面が、ふたたび流れ始める。もはや一字一句、台詞《せりふ》まで完璧に頭に入ってしまった。

『そう。そんなわけがないよね』

一時停止させた。

ううむ、と筒井が顎に手をあてる。

「やっぱりわからん。これのどこがおかしいんだ」

「僕らが見てもわからないんですよ。だから――」

何度見ても結果は同じだと続けたかったのだが、

「もう一度見せろ」

全身が脱力した。

げんなりとしながらマウスを操作する。

三人がいるのは、警視庁本部庁舎の刑事部屋だった。西野の背後から筒井がパソコンのディスプレイを覗き込むようにしていて、綿貫がやや離れた位置で傍観者を決め込んでいる。

『そう。そんなわけがないよね』

何度この台詞を聞いたことか。

それでも諦めることなくディスプレイとにらめっこを続ける筒井の執念深さは、さすが刑事と讃《たた》えるべきだろうか。

「どこがどうおかしいんだ」

「楯岡さんからは聞かされていません」

「なだめ行動っていうんだろう？　身体の一部を触ったり、かいたり、顔を逸らしたり。この動画を見る限り、そういった不審な行動はいっさいないが」

筒井は自分の喉仏に触れたり、顔をかいたりした。

「マイクロジェスチャーだと、僕らにはわからないんです」

「どうしてだ」

「一瞬のことですから」

「もう一度見せろ」

「だから普通の人には――」

そのとき、楯岡の声がした。

「瞬きの長さです」

トイレに立ったついでに飲み物を買ってきたようだ。椅子を引く楯岡は、片手に紙コップを持っていた。

「瞬きだと？」

そういう筒井が、しきりに瞬きをする。

「ええ。そんなわけがない、というときの佐藤は、目を閉じていました」

「そんなの、たまたまじゃないのか」

「ほかの動画をいくつも見てサンプリングしましたが、普段の佐藤は頻繁に瞬きをするほうではないようだし、実際にやってみるとわかると思いますが、そんなわけがない、と発言する間じゅう目を閉じているのは、瞬きにしては長いんです」

そんなわけがない。西野は目を閉じ、口の中で呟《つぶや》いてみる。

「本当だ。長い」

「現実から目を逸らしたい心理の表れです。佐藤はサイコパスなのでなだめ行動やマイクロジェスチャーが表れにくいようですが、オンラインサロンの広告塔として人前に出る機会は多い。なだめ行動の判断材料となるサンプルは集めやすいし、その動画では、気心の知れた部下を前につい油断してしまったのでしょう」

楯岡の説明をむすっとしながら聞いていた筒井が、もう一度やれ、という感じで手を振る。

西野はマウスを操作し、画面上のポインターを再生ボタンに移動させた。

『そう。そんなわけがないよね』

注意してみると、佐藤はたしかに「そんなわけがない」のところで目を閉じている。

動画を見終えた筒井が、けっ、とおもしろくなさそうに鼻に皺を寄せた。

「信じられない。偶然だ」

「信じなくてもかまいません。でも筒井さんだって岸の事件だけでなく、二年前からの三件の通り魔殺人に佐藤がかかわっていると、お考えなんですよね」

「おれは怪しげなまじないを根拠に疑ってるわけじゃない」

「かもしれませんが、佐藤が一連の事件にかかわっているという推理は同じだし、利害も一致しています」

筒井はしばらく押し黙っていたが、不本意そうに頷いた。

「まあな」

「どうだったんですか。過去三件の事件の被害者は」

筒井と綿貫は、ここ二年の間に発生した通り魔殺人事件の被害者のSNSを調べていた。

「当たりだ」

筒井に目で促され、綿貫が口を開く。

「三人とも頻度や言葉の厳しさの差こそあれ、SNSで佐藤を批判するような投稿をしていました。佐藤の支持者かあるいはサロンメンバーと見られるアカウントから反論されたりといったことはありましたが、それほど激しい応酬にもなっていなかったので、当時の捜査本部も見過ごしていたようです」

「嫌いな小説家の悪口をいって、それにたいしてファンが反論する程度だからな。まさかそのファンが、住所を特定して殺しに行くなんて考えもしない」

筒井が顔をしかめる。

「向井嘉人と北尾早希は両者とも匿名のアカウントでしたが、向井は通っている大学、北尾はアルバイト先の飲食店についてよく投稿していたので、ＳＮＳから身元の特定は可能だったと思われます。正岡康一郎については劇団員ということで、そもそも身元を明かしています」

綿貫の報告が終わるのを待って、筒井が切り出した。

「岸は、佐藤のミステリー小説に書かれていた犯人の手口を真似たんだったな」

「そうです。佐藤の看板シリーズである『心理学刑事・築山みどり』の三作目『殺意のダイス』に登場する乱橋という犯人が、殺人衝動を満たすために知らない土地で面識のない人物を襲い続けます。合羽橋の道具街で凶器を購入するところも同じです」

「小説に書かれた手口を真似たのなら、佐藤を追及することはできませんね」

綿貫が眼鏡を押し上げながら、無念そうに眉根をひそめる。

「だがこの動画を見る限り、佐藤には人を殺した自覚があるんだよな」

筒井がディスプレイを一瞥した。

「ええ。犯人は自分の意思で動いたと考えていますが、実際には、佐藤に操られていた。佐藤は信奉者を動かしてアンチを排除しようとした。実行犯には操られている自覚がない。そう考えています」

「それで佐藤を逮捕できるんでしょうか。『ＴＫ』をメルマガで槍玉に挙げたときにも、殺人教唆になりそうな直接的な表現は使っていませんでしたし、殺害方法だって小説の手口を真似ただけなら、佐藤が命令したとはいえません」

西野が言い、楯岡がなにかを思い出したような顔をする。

「そういえば、岸のPCは回収したのよね。岸がオンラインサロンに加入してからの、二年間のメルマガのバックナンバーを読めるはずだけど」

「ああ。すでにおれたちで目を通した」

筒井が報告を促すように綿貫を見た。

「確認しました。『TK』以前にも、ときおり自分に批判的なSNSアカウントを紹介しています。通り魔殺人の被害者についても、名前が挙がっていました。ただ正直、殺人教唆を成立させるには厳しいです。それらのSNSアカウント主を『憐れ』とか『悲しい人』、『孤独』、『寂しい』といった単語で表現しています。かなり慎重に言葉を選んでいる印象です」

その点は岸の供述と一致している。

「とにかく一連の通り魔殺人の被害者というバラバラの点が、佐藤青南という線でつながったのは、大きな前進だ。もしもそれぞれの事件の犯人が、今回の岸と同じ動機で動いていたとすれば――」

筒井の目を、楯岡は真《ま》っ直《す》ぐに見つめ返した。

「三つの通り魔殺人事件の犯人は、佐藤のオンラインサロンに所属している」

そうだ。最終的な目標は主犯たる佐藤の逮捕だが、その前に、これまでまったく進展のなかった三つの事件の実行犯を捕らえられるチャンスが生まれた。

問題は――。

「どうアプローチするか、ですね」

西野はほかの三人の顔を見回した。

「オンラインサロンの名簿をなんとか入手できないでしょうか」

綿貫がいう。

「名簿か。会員から月会費を徴収しているから間違いなく存在するだろうが、もしも佐藤に殺人教唆の自覚があるのなら、まともに要請しても応じないだろう。かといって強制的に提出させせられるほどの物証もない」

筒井が難しい顔で首をひねった。

「名簿を入手できたところで、会員数三万人……でしたっけ、そんなにいたら絞り込むのも大変ですよ」

西野はマウスを操作し、画面表示を動画投稿サイトから佐藤青南オンラインサロン公式ホームページに切り替えた。『ともに高め合う仲間は三万人！』と胡散臭いキャッチコピーが躍っている。

「容疑者三万人か。一億二千万人から三万人に絞られたと考えれば、それでも大きな進歩だろうが」

綿貫が皮肉っぽく唇の端をつり上げる。

「とはいえ、殺人に及ぶほど狂信的なメンバーなら、メルマガだけではなく頻繁にイベントにも顔を出しているはずです。中心的なメンバーは、多くても数百人といったところじゃないでしょうか」

楯岡の意見に、西野が「それでも数百人」と苦笑する。

「だがその数百人だって、名簿を手に入れないことには絞り込めない。どうする」

筒井に質問され、思い詰めた表情をしていた楯岡が、やがて踏ん切りをつけるように頷いた。

「一度、佐藤に会ってみるしかなさそうね」

「そうなるか」

筒井も同じ意見のようだ。

「揺さぶりをかけてみればボロは出さないにしても、なにかしらの動きがあるかもしれない。西野。佐藤にコンタクトを取って」

「わかりました。出版社に連絡してみます」

佐藤はいくつかの出版社と取り引きしているようだが、もっとも頻繁に本を出しているのは天啓出版というところだ。ここに電話してみよう。

「ならおれたちは、佐藤の周辺を調べてみる」

筒井と綿貫が頷き合った。

2

絵麻と西野は翌日、神保町の大型書店に向かった。

天啓出版の書籍編集部に電話をしたところ、待ち合わせ場所としてこの店を指定されたのだ。佐藤は新刊のプロモーションのために都内の書店を十店舗訪問するスケジュールだが、この書店に併設されたカフェで三十分休憩する予定になっているので、少し時間がとれるのではないか、という。

カフェに足を踏み入れた二人に、店員が歩み寄ってくる。

「えっと、待ち合わせなんですけど……まだ来てないのかな」

西野が店の奥を覗き込むのに反応して、窓際の席で男が立ち上がった。年齢は五十歳前後といったところか。サイドを刈り上げたツーブロックの髪型で、ジャケットの首もとに巻いたストールが洒落者《しゃれ》の雰囲気を醸し出している。いかにもマスコミの人間といった雰囲気だ。

「もしかして、警察の」

男は「警察の」というところだけ小声になった。

「そうです」西野が頷く。

「私、天啓出版の森下《もりした》と申します」

森下と名乗った男は、編集者らしい如才ない笑みを浮かべた。

「ああ。お電話で」

「西野さん、ですよね」

「そうです」

「席取っておきましたので、こちらへどうぞ」

先ほどまで座っていた四人がけのテーブル席まで刑事たちを誘導し、森下はあらためて名刺を差し出してきた。

「編集長さん、なんですね」

西野が名刺の情報を読み上げる。森下の名刺には『天啓出版　文芸出版部　書籍編集部編集長　森下隆人《たかひと》』と印刷されていた。

「編集長も自ら作家さんを担当するものなんですか」

絵麻の質問に「ええ」と森下は頷いた。

「全体も見ないといけないから、ほかの編集よりも少ないですけど、何人か作家さんを担当しています」

「佐藤先生も、森下さんのご担当で？」

西野が名刺をテーブルに置きながらいう。

「はい。そうです」

「やはり佐藤先生は、編集長自らが担当しないといけないぐらい、出版社にとって重要な作家だということなんですか」

絵麻は訊いた。

「そうですね。あれだけの人気作家さんですし、経験の浅い編集者に任せて粗相があってはいけませんので」

なにかある、と直感した。質問から回答までの時間――応答潜時《せんじ》が、やや長かったのだ。

「ところで佐藤先生は？」

西野が店内を見回した。

「いまはまだ、書店さんの事務所のほうで著作にサインをされています」

ならばいまのうちに、森下から話を聞いておこう。

「森下さんは佐藤先生とは、どれぐらいのお付き合いになるんですか」

「初めてうちで書いていただいたのは五年前ですが、私が担当するようになってからは、半年……ですかね」

「それ以前は、別の方が」

「ええ」

そこで森下は唇を内側に巻きこむしぐさを見せた。なだめ行動なのか、たんなる癖なのか。会ったばかりなので判断が難しいところだ。

「差《さ》し支《つか》えなければ、なぜ担当者が交代したのか、理由を教えていただけますか」

「そんな大それた理由はありません。定期的な人事異動です」

笑顔を浮かべた後で、やはり唇を内側に巻きこむしぐさ。癖か。

「前任者の方に、お話をうかがうことは可能ですか」

「えっ……」

森下は明らかな『驚き』と『恐怖』の微細表情を見せた。

「お手間は取らせません」

そういう問題ではなかったようだ。

「前任者はすでに退職したんです」

「そうでしたか。では、その方の連絡先を教えていただけませんか」

絵麻が質問する隣で、西野がメモにそなえて手帳を開く。

「いや。それは……」と、なぜか森下はいいよどんだ。視線も不自然に泳いでいる。

気まずい事情があるらしい。

「先方にもご迷惑がかからないようにします。お約束します」

「実は……すでに北海道のほうに帰ってしまったようで」

「実家に帰られた、ということですか」

「そうです」

「わかりました。電話やメールなどの連絡先を、教えてください」

「それは、わかりません」

西野が不審げに顔を上げる気配がした。

編集長の地位にある者が、少なくとも半年前までは部下だった人物の連絡先を知らないということがあるだろうか。

だがおそらく嘘ではない。退職した。北海道に帰った。連絡先を知らない。そういうときの森下に、不審なしぐさは見られなかった。ということはやはり、唇を内側に巻きこむしぐさはなだめ行動ということになる。定期的な人事異動という、担当編集者交代の理由が嘘なのだろう。前任者と佐藤の間で、なんらかのトラブルが起きたのか。

「実家の住所はわかりますよね」

西野がボールペンを弄ぶように、ゆらゆらとさせる。

「ええ。会社に戻れば」

「では、この場ではその方のお名前だけうかがっておきます。実家の住所については、あらためてご連絡いただけますか」

それでいいわよね、という感じに顔を横に向けると、そうですねという感じの頷きが西野から返ってきた。

ところが、森下は言いたくなさそうに顔を歪めている。なかなか口を開かない。

やがて観念したように切り出した。

「水野眞子《みずのまこ》という名前です。言いにくいのですが、彼女はその……心を病んでしまって、それが原因で会社を辞めたという経緯がありまして」

「水野さんが心を病んだ原因に、佐藤先生は関係していますか」

「まさか。そんな」

森下はぶんぶんとかぶりを振る。だがその直前に頷きのマイクロジェスチャー、直後に唇を内側に巻きこむなだめ行動を伴っていた。ということは嘘。森下の前任である水野眞子は、佐藤が原因で心を病み、会社を辞めて田舎《いなか》に帰った。

サイコパスの戯れにいたぶられ、心を壊されたか。編集者と売れっ子作家という関係で接してしまったのが、前任者の運の尽きだった。

この森下も、どれぐらい保《も》つだろうか。

「青南さんには本当にお世話になっています」

嘘ではないが、不本意ではある。一瞬だけ覗いた『侮蔑』の微細表情から、森下のそういった心理が垣間見えた。けっして佐藤をよく思ってはいない。だが会社に利益をもたらしてくれる相手の機嫌を損ねるわけにもいかない。そんなところか。

「佐藤先生はだいぶお忙しいんですね」

絵麻は話題を変えた。

「そうですね。今日はたまたま東京の書店さんをまわる予定だったので幸運でした。明日は名古屋、明後日は関西の書店さんに行かれる予定になっているようなので、会うのは難しかったと思います」

「作家さんって、そういうふうに全国を飛び回るものなんですか」

そうでないのはわかっていたが、あえて知らないふりをした。

「いえ。青南さんは特別です。プロモーションのために、著者さんと書店訪問をするのは珍しくありませんが、やるとしてもせいぜい一日、二日程度です。青南さんみたいに、全国の書店さんを細かくまわるようなことはしません」

「森下さんは明日明後日も同行されるんですか」

「いいえ。そもそも私は都内の書店さんにもご一緒することはありません。今日は警察の方を青南さんにご紹介するために来ました。青南さんに取り次いだ私が不在というのも、失礼な話ですし」

「そうだったんですね。わざわざすみません」

西野が恐縮した様子で頭を下げる。

「いえ。本来なら書店訪問にも、担当編集の私も同行するべきところですから」

「担当編集さんが同行されないのなら、佐藤先生が単身でプロモーションにまわられているということですか」

そうでないこともすでに予習済みだ。

「違います。スタッフさんが」

そこまでいって、森下が言葉を切った。店の出入り口のほうに視線を移し、『恐怖』の微細表情を浮かべる。それとほぼ同時に、素早く椅子を引いて立ち上がった。

「いらっしゃいました」

絵麻と西野は出入り口のほうを振り返る。

佐藤青南だった。細面のあっさりした顔立ち。Tシャツの上にジャケットを羽織り、スキニーパンツを穿《は》いて、全体をすっきりまとめたコーディネートは、どこかの若手IT企業家といった雰囲気だ。インターネットで見た通りの容姿だが、画面越しに見る印象よりも身長は高くない。一七〇センチを少し上回るぐらいだろうか。

驚いたのは、佐藤青南の従える取り巻きの多さだった。

佐藤青南が書店訪問をする際、『お手伝い』と称してオンラインサロンの会員が駆けつけるのは、インターネットでも明らかにされていた情報だった。だから取り巻きがいるのは想定の範囲内だ。

それでも驚いた。

佐藤は十五人ほど従えていた。二十代ぐらいの若い男女がメインだが、中には三十代、四十代、もっと上に見える者もいる。そして佐藤以外の全員が、黄色いお揃いのTシャツを身につけている。胸には『SEINAN　SATOU』の文字。お世辞にもお洒落着にはならなそうなデザインだ。そんな集団が書店の狭い通路を歩いてくるさまは、異様のひと言だった。なにごとかという感じで、一般客から好奇、あるいは迷惑そうな視線を投げかけられている。

「まるで大名行列ですね」

西野がぼそりと感想を口にする。

そそくさと佐藤に歩み寄った森下が、こちらを示しながら佐藤に事情を説明する。腰を低くし、ぺこぺこと頭を下げる森下にたいし、佐藤は背筋をピンとのばし、悠然とかまえて話を聞いていた。行動心理学の知識などなくても即座に理解できるであろう、上下関係、支配と被支配のわかりやすい構図だ。

森下が小走りに近づいてくる。

絵麻と西野は椅子を引いた。

「あちらが佐藤青南さんです」

佐藤を手で示しながら紹介する森下は、なぜか顔じゅう汗まみれになっている。

いっぽう紹介された側の佐藤は、こちらに歩きながら涼しげな笑みを浮かべた。

3

「はじめまして。佐藤青南です」

「警視庁捜査一課の楯岡です」

「同じく西野です」

絵麻たちの自己紹介をしっかり相手の目を見て聞いていた佐藤が、森下のほうに顔を向ける。

「森下さん。ありがとうございます。会社に戻ってかまいません」

森下が、えっ、という顔をする。

「大丈夫ですか」

「大丈夫です。警察の方が話を聞きに来るというだけなら、むしろ電話やメールでよかったのに」

「いちおう私も担当編集者ですので――」

「そうおっしゃるなら、本を作る仕事だけにリソースを注ぎ込んでください。わざわざ紹介するためだけにここまで足を運ぶなんて、時間の無駄です」

「しかし――」

「それとも」と佐藤が少しだけ語気を強めた。

「森下さんは私が逮捕されるとでも思っているんですか。担当作家が逮捕されるようなことがあってはまずい。もしそうなるのなら、早めに状況を把握しておきたい。そう考えているから、立ち会いたい。そうお考えなのですか」

「そんな……滅相もございません」

両手を大きく振る森下は、しかし直前に頷きのマイクロジェスチャーをともなっていた。

それは絵麻にしか見極められない。

そのはずだが、佐藤の顔に『嫌悪』の微細表情が表れる。

しかしそれは、すぐに貼りついたような微笑に覆い隠された。

「冗談ですよ」

取り巻きたちからどっと笑いが起き、森下がびくっと身を震わせる。

佐藤自身も肩を揺すりながらいう。

「本当に大丈夫です。ご心配なく。結果は後ほど、うちのスタッフから報告させますので」

そういって、背後のお揃いのTシャツの一団を顎でしゃくった。一団の先頭にいた、いかにも勝ち気そうな眉をした女が、了解しましたという感じに頷く。彼女が出版社との連絡係を担っているらしい。長い黒髪を後ろでまとめた、三十代半ばぐらいに見える女だった。

それではお言葉に甘えて失礼しますと、森下が去っていく。

佐藤がさっきまで森下のいた席に、それ以外の取り巻きは、ほかのテーブルに分かれて座った。

「それにしてもお綺麗《きれい》ですね。こんなに美人の刑事さんがいらしたとは」

佐藤はテーブルに両肘をつき、顔の前で両手を重ねた。注文を取りに来た店員に、「いつもの」と人差し指を立てる。

「こちらのお店には、よく？」

絵麻の質問に、佐藤は眉を上下させた。

「書店さんは僕の作品を読者に届けてくれる大事な窓口ですからね。とくにこのお店はナショナルチェーンの本店ですし、新刊が出るたびにお邪魔しています。このカフェの店員さんとも、すっかり顔馴染みです」

「この後も書店をまわる予定だとうかがいました」

　そういったのは西野だった。

「ええ。あと六店舗にお邪魔することになっています。お忙しい書店員さんにあらかじめアポをとってあるので、遅れるわけにはいかないんです。そういう事情がありますので、ここまでお呼び立てしてしまい申し訳ない」

「いいえ。そんなお忙しい中、お時間を割いていただきありがとうございます。三十分いただけるとうかがいましたが」

　佐藤が腕時計に目をやる。

「どれぐらい時間をあげるかは、話の内容によりますかね」

　周囲に聞かせようとするような、大きな声だった。

　取り巻きたちが陣取ったいくつかの席から笑いが起こる。

　佐藤のもとにコーヒーが運ばれてきた。

「あちらの皆さんは」

　絵麻は取り巻きたちのテーブルを目で示した。

「僕の夢……いや、違うな、僕の目標に共感して集まってくれた、オンラインサロンのメンバーです。いわば同志です。書店訪問に必要なスタッフは本来二、三人ですが、ＳＮＳで予定を見たメンバーたちが集まってしまうんです。お店の迷惑になってしまうので、せめて訪ねた書店さんでは必ず本を買うように伝えています」

佐藤のいう通り、全員がブックカバーのかけられた本か、書店のロゴの入った紙袋を手にしている。佐藤の本なのかはわからないが、おそらくそうなのだろう。

「目標とおっしゃいましたが」

とっくに予習済みだったが、無知を装った。

「ノーベル文学賞の受賞です」

佐藤が胸を張る。

「それは……途方もない夢ですね」

「ええ。そうかもしれません。でも無謀かもしれないが、けっして無理じゃない。これまでにも川端康成《かわばたやすなり》、大江健三郎《おおえけんざぶろう》といった偉大な先輩方が成し遂げたんです。すでに二人の日本人作家が受賞しているのなら、ぜったいに無理とはいい切れない。そうは思いませんか」

「私には、よくわからないので」

絵麻は曖昧に首をひねった。

「楯岡さん、でしたっけ。普段小説は読まれませんか」

「申し訳ありません。たまにしか……」

「西野さんは」

「僕もです。小説を読むとすぐに眠くなってしまいます」

ふふっ、と佐藤が笑う。

「わかります。高校までの国語教育で小説というものが嫌いになって、そのまま大人になってしまうため、本を読む習慣が身につかないという人は多い。それなら西野さん、ぜひ僕の小説を読んでみてください」

ぐっ、と西野が言葉を喉に詰まらせる。

その反応をどう解釈したのか、佐藤はうんうんと頷いた。

「わかります。そういうふうにいわれても、小説アレルギーの人たちにはなかなか本を手にとることができません。でも騙されたと思って、読んでみてください。僕の作品はとても読みやすいと思います」

「本当に読みやすいです」

「めちゃくちゃおもしろい」

「青南さんの本を読んでも眠たくなるのなら、もう読書は諦めたほうがいい」

取り巻きたちから思い思いに推薦の声が飛んでくる。

「あ、ああ」

西野はひたすら困惑するばかりだ。この状況で、すでに読んですでに寝たとはいえない。

絵麻は笑いそうになるのを堪《こら》え、助け船を出した。

「お忙しいようですし、そろそろ本題に入っても？」

「そうですね。失礼しました」

佐藤が軽く腰を浮かせ、椅子に座り直す。

「お話というのはほかでもありません。先日、練馬区小竹で発生した殺人事件の被疑者・岸裕久が、佐藤先生のオンラインサロンの会員であったというのは、ご存じですよね」

「やっぱり時間がないので、そろそろいいですか」

佐藤が腕時計を確認するしぐさをして、取り巻きが笑う。

その反応に満足そうな顔をして、佐藤がこちらを向いた。

「すみません。冗談です。もちろん把握しています」

「岸が先生の小説に書かれていた、殺人の手口を真似た、というのも？」

佐藤は頷いた。

「知っています。大々的に報道されたことにより、サロンメンバーたちに辛《つら》い思いをさせてしまっている。とても残念です」

佐藤に批判的だったアンチを排除したかったという犯行動機や、佐藤の小説を読んで手口を真似たという情報も、各種マスコミで報じられ始めている。それにともない、佐藤および佐藤のオンラインサロンへの風当たりも強くなっているようだ。

「岸は佐藤先生のメルマガを読むうちに、『ＴＫ＠佐藤青南から文学を守る』というＳＮＳアカウントの持ち主に殺意を抱いたと供述しています」

「存じ上げています」

佐藤は目を閉じ、沈痛な面持ちを作る。

「犯行の手口についても、佐藤先生の作品に登場した犯人を真似たと――」

「そんなの、おかしいだろう！」

突然怒声が響き渡った。

少し離れた席で、取り巻きの中でももっとも年かさに見える、白髪《しらが》を七三分けにし、眼鏡をかけた男が立ち上がっていた。

「せ、青南さんは『ＴＫ』から口汚く攻撃されていたんだ。それをメルマガで少し愚痴っただけだ。なのに、青南さんに責任があるっていうのか」

興奮のあまりところどころつっかえながら、顔を真っ赤にして絵麻たちを指差す。

「ヤマグチさん。刑事さんたちはそんなことといってないよ」

ヤマグチと呼ばれた男を諌めたのは、同じテーブルについている二十歳前後の若い女だった。

「いってなくてもそう思ってる。青南さんが人殺しを指図したって、そういいたいんだろう。マスゴミがそう報じてるんだからな。やつらは本当にゴミだ。マスゴミだ」

するると、別のテーブルで若い男が立ち上がった。三十前後ぐらいの、眼鏡をかけた小太りの男だった。

「もしも本当にそうなら、許さない。おれたちで青南さんを守る」

こちらは声が震えて弱々しい。普段はおとなしくて引っ込み思案な男が、懸命に勇気を振り絞ったような雰囲気だ。

「そうよ。青南さんは悪くない」

「馬鹿な男がたまたまサロンに入ってたってだけじゃない」

「アニメ好きが人を殺したからって、アニメが悪いわけじゃない」

あちこちから声が上がり、にわかに不穏な空気が漂い始めた。

たまたま居合わせた大学生ふうのカップルが、危険を察したかのように慌ただしく席を立ってレジに向かう。

「みんな、待ってくれ」と、ふいに佐藤が手を上げた。

その瞬間、ざわめきがやんだ。

「サロンメンバーが殺人犯として逮捕された。犯人は僕を守るためにアンチを殺そうとした、手口は僕の小説に登場した犯人を真似た、と供述している。そのことが報道され、みんなもＳＮＳで、あるいはリアルで、いわれのない誹謗《ひぼう》中傷を受けている。

すごく腹立たしいことだ。僕らはなにも悪いことをしていないのに、どうしてこんなひどい仕打ちを受けなければならないんだ。そう考えてしまうのも無理はない」

　けれど、と佐藤は絵麻を手で示した。

「警察が僕の関連を疑いたくなる気持ちもわかる。なにしろ逮捕された犯人は、読書会や飲み会にも参加していたそうだ。みんなとも顔を合わせていた」

「だ、だからって疑うなんて！　青南さんは関係ない！」

　ヤマグチの興奮はまだ収まらない様子だ。

「そう。僕は関係ない。『ＴＫ』についてはメルマガで紹介したことがあったけれど、『ＴＫ』さんの身元を特定して、襲うようにけしかけたことはないし、そのつもりもない。犯人が作中の手口を真似たのだって、話を聞いて驚いた。殺人の指図や指南をする意図はいっさいなかった」

　そうだそうだ、と賛同の声が上がる。

　佐藤はその声の主を見て、ありがとう、と頷いた。

「みんな、僕の『築山みどり』シリーズを読んでくれているよね」

　その場にいた取り巻き全員が、一斉に頷く。

「なら警察がどういう捜査をするのか、わかっているはずだ。少しでも疑いがあるなら、かりにそれがわずかな可能性であっても見逃すわけにはいかない。だから楯岡さんは、ここに来た。必ずしも、僕が犯人に指図したと決めつけているわけではないんだ。そうですよね、楯岡さん」

急に問いかけられ、絵麻ははっと我に返った。

「え、ええ。そうです」

佐藤が不審げに眉根を寄せる。

だがそれも一瞬だった。すぐに取り巻きたちに向き直り、演説モードに戻る。

「殺人犯がサロンに所属していた以上、一時的に疑いを向けられるのは、ある意味しかたがない部分もある。世間の見る目も、しばらくは厳しいものになるだろう。みんなに今後も、辛い思いをさせてしまうかもしれない」

だけど、と語気を強め、佐藤はこぶしを突き上げた。

「僕は負けない。なにがあっても、誰に邪魔されても、僕はけっして立ち止まらない。途方もない夢の実現、いや、目標の達成に向けて、足を動かし続ける。それしかないんだ。なにがあっても僕は諦めない。だからみんな、僕を信じてくれ。今後も、僕と一緒に歩んでくれないか」

しん、と店内が静まりかえる。

だが次の瞬間、両手を打ち鳴らす音がした。佐藤から出版社への連絡を頼まれていた、三十代くらいの女だった。

女は立ち上がり、佐藤を向いて拍手する。

するとほかの取り巻きたちも立ち上がり、同じことを始めた。ある者は満面の笑みで、そしてある者は頰に涙の筋を引きながら、懸命に拍手している。

佐藤は椅子を引き、感激した様子で片手を自分の胸にあてた。しばらくそうした後で、大きく両手を広げる。

「みんな、ありがとう。ただここは書店さんの一角にあるカフェだ。一般のお客さんの迷惑になるから、続きは今晩の打ち上げで頼む」

取り巻きたちがどっと沸いた。

興奮していたメンバーもすっかり落ち着きを取り戻した様子だ。全員が着席する。

佐藤も椅子に腰をおろし、にっこりと笑った。

「失礼しました。僕のサロンのメンバーが殺人を起こしてしまったことも、僕を批判する者を排除したかったという動機も、そして僕の小説の登場人物を真似たという手口も、大変不本意だと思っています。僕にそんなつもりはまったくなかったが、起こってしまったことの重大さを考えると、責任を感じる部分もあります。ですからできる限り、捜査に協力するつもりです。なんでも質問してください」

「ありがとうございます」

平静を装いながらも、絵麻は内心で当惑していた。

――僕は関係ない。『TK』についてはメルマガで紹介したことがあったけれど、『TK』の身元を特定して、襲うようにけしかけたことはないし、そのつもりもない。犯人が作中の手口を真似たのだって、話を聞いて驚いた。犯人に指図や指南をする意図はいっさいなかった。

――僕のサロンのメンバーが殺人を起こしてしまったことも、僕を批判する者を排除したかったという動機も、そして僕の小説の登場人物を真似たという手口も、大変不本意だと思っています。

そうやって事件への関与を否定する佐藤には、不審なしぐさがいっさい見当たらなかった。

4

「すみません」

西野は手を上げて店員を呼んだ。

白いシャツに黒いエプロンを身につけた、若い女性の店員が歩み寄ってくる。

「この、生キャラメル・カフェ・オー・レっていうのを一つと、あと……楯岡さんはなんにしますか」

問いかけてみたが、反応がない。楯岡は横にしたスマートフォンを両手で持ち、液晶画面を食い入るように見つめている。

「楯岡さん。楯岡さん」

身を乗り出して手を振ると「なに」と鬱陶しそうに返された。

「注文、なににします？　僕と一緒でいいですか」

「うん」

了解の返事なのか咳払いなのか微妙なところだが、店員を待たせていることだし、了解と解釈する。

「じゃあ、生キャラメル・カフェ・オー・レ、二つお願いします」

ピースサインを出して注文した。

店員が立ち去った後で、楯岡が弾かれたように顔を上げる。

「あんた、いまなんていった？」

「生キャラメル・カフェ・オー・レ二つ」

「なんでよ。なんでそんな甘そうなもの頼むの」

「だっていま、僕と一緒でいいですかって訊ねたとき、うん、っていいましたよ」

「いってないわよ。っていうか、訊かれてないし」

「ちゃんと訊きました」

「訊かれてない」

「ちゃんと訊いて、楯岡さんがうん、っていいました」

「いってない」

楯岡が取り調べで被疑者のマイクロジェスチャーを指摘するときのようなやりとりだと、西野は思う。だがそのときと違うのは、追及する側が返り討ちに遭うこと。

「いってないってば。だいたい私が生キャラメル・カフェ・オー・レなんて甘そうな飲み物をオーダーするはずがない。ちょっと考えればわかるでしょ」

同じなのは、結局楯岡の勝利で終わることだ。

二人は神保町の大型書店二階にあるカフェにいた。佐藤とその取り巻きたちが立ち去った後も、店に居残ったのだ。

先ほどまでの賑《にぎ》わいが嘘のように閑散《かんさん》とした店内で、楯岡がまずやったのは、スマートフォンで動画投稿サイトを開くことだった。

液晶画面に流れ始めたのは、うんざりするほど見せられた、あの動画だった。

『作家の最大の武器はここ――』から始まって、『そう。そんなわけがないよね』と殺人を否定する発言で終わる、佐藤のインタビュー動画。佐藤には殺人を犯した自覚があった、つまり信奉者にアンチを消す指示を与えた、という根拠となったその動画を、楯岡は何度も見返した。なんのためにそんなことをしているのか、西野には見当もつかないが、先ほどの佐藤との面会でなにか新たな発見でもあったのだろう。

西野は生キャラメル・カフェ・オー・レを飲みつつ、ときおりストローでかき混ぜて氷を溶かしながら、楯岡の気が済むのを待った。

「やっぱりそう！」

楯岡がスマートフォンから顔を上げた。

「どうしたんですか」

西野の質問に答える前に、楯岡はテーブルの角に置かれた小さな籠に手をのばした。そこからガムシロップのポーションをいくつか鷲《わし》づかみにし、すっかり汗をかいたグラスにガムシロップを連続して三つも空けた。

甘そうなものを頼むなって、怒ってなかったっけ。

だが指摘すると面倒くさくなりそうだ。

楯岡はストローを口に含み、頬をへこませてグラスを八割方空にすると、いった。

「佐藤には、間違いなく人を殺した自覚がある」

西野は思わず周囲をうかがった。

できればもう少し小声でお願いしたいところだが、幸いなことにひと気はない。生キャラメル・カフェ・オー・レを運んできた女性店員の姿も、厨房《ちゅうぼう》に消えている。誰にも聞かれてはいないようだ。

「それがどうかしたんですか」

「なのに、いまさっき、事件との関連を否定する発言をした佐藤からは、いっさい不審なしぐさが見られなかった。なだめ行動もマイクロジェスチャーも、微細表情すらも見当たらない」

「え？」

それって、つまり――。

楯岡が小さく頷く。

「岸の犯行に際して、佐藤がなんらかの指示をした事実はない。それどころか、そうなって欲しいと願ってもいない。佐藤は『TK』を攻撃させたくてメルマガで槍玉に挙げたわけではないし、手口についても作品中の該当する部分は、信奉者に殺害方法を指南する目的で書かれたわけではなかった」

頭が混乱して、反応までに少し時間がかかった。

「おかしくないですか」

「おかしいの。佐藤と話をしながら、ずっとおかしいと思っていた。だから動画を何度も見返したんだけど――」

あの動画を繰り返し視聴していたのは、そういう理由らしい。

「動画の佐藤には、やはり目を閉じるなだめ行動が表れていた。つまり殺している。

けれどいま、面と向かって犯行を否定する佐藤からは、なだめ行動が見られなかった。なだめ行動どころか、マイクロジェスチャーや微細表情もない」

「過去にはあったなだめ行動が、いまは消えている？」

「そういうこと」

「それはつまり、どういうことですか」

「わからない。なだめ行動やマイクロジェスチャーを制御する訓練を重ねたか、殺人の記憶を抹消したか、あるいは、動画の佐藤青南とさっき直接会った佐藤青南はよく似た別人だった、とか。とにかく普通は起こりえないことが起こった」

たしかに不可解だ。だがいまの楯岡の言動で、西野には一つだけ、腑《ふ》に落ちたことがあった。

「だから過去三件の通り魔殺人について言及しなかったんですか」

当初の予定では、二年前から断続的に発生している三件の通り魔殺人の被害者が、ＳＮＳで佐藤を批判する発信をしていたのがわかったとぶつけ、揺さぶりをかけることになっていた。だが楯岡は、岸の事件の話に終始した。なぜ過去三件の殺人の話をしないのか不審に思ったが、楯岡には楯岡なりの考えがあるのだろうと思い、口を挟まないようにした。

前提が揺らいでいたのだ。岸の事件も含め、これまでの通り魔殺人すべて佐藤が裏で糸を引いているという推理は、佐藤のなだめ行動あってのものだった。そのなだめ行動が消えたとなれば、当然ながら仮説はすべて無に帰すこととなる。

佐藤は岸のことを知らなかった。セミナーやサロンの飲み会で顔を合わせてはいたようだが、なにしろ人数が多く、佐藤にも参加者全員の顔を覚えることはできないのだという。

楯岡によれば、佐藤のその発言に嘘はなかった。ということは、佐藤が直接岸になんらかの指示を与えた事実もない。

岸は佐藤のオンラインサロンの会員であり、佐藤を批判するアンチを排除するべく殺人に及んだ。その際、佐藤の小説に登場する犯人の殺害方法を真似た。

だが、佐藤が積極的に事件に関与した事実はない。メルマガで『TK』に言及した点は自らの影響力に無自覚で、迂闊《うかつ》だったといえるかもしれないが、『TK』を激しい言葉で攻撃したわけでもなく、殺人教唆とはほど遠い。

佐藤には、そもそもアンチを攻撃させる意図がなかった？

「佐藤は、無実なんですか」

「そんなわけがない」

楯岡が真剣な顔でかぶりを振る。

「でもさっき話をしてみたら、なだめ行動が出なかったんですよね。佐藤ははっきりと犯行への関与を否定していました」

指摘すると、楯岡は苦しげに顔を歪めた。

「それが問題なのよね。一週間前に配信された動画では存在したなだめ行動が、いまさっきは消えていた。これをどう解釈すればいいのか」

楯岡がストローを口に含み、生キャラメル・カフェ・オー・レを吸い込む。

ずずっ、と空気を吸い込む音が、昼下がりのカフェに響いた。

5

「青南さんについて、ですか」

筒井が用件を切り出すと、男は意味深な苦笑を浮かべた。ソフトモヒカン気味に刈り揃えられた短髪で、長袖Tシャツにデニムパンツという格好だけは若いが、年齢はたぶん五十近い。目の下にうっすらと染みが浮いているし、髪にも白いものが交じっている。

「ええ。ぜひお願いします」

「あの人、なにか悪いことしたんですか」

「詳しくは申し上げられませんが、ある事件に関係しているかもしれないと思い、いま調べているところです」

「そうですか。なにかやらかして逮捕されたとしても、正直意外でもなんでもないですけどね。とっくに版権引き揚げられちゃってるうちとしては、痛くもかゆくもないし」

愉快そうに笑う男の名は須磨昌英《すままさひで》。佐藤がデビューした『このサスペンスがすごい！』大賞を主催する稿栄社文芸出版部の部長で、十年前、佐藤がデビューしたときの担当編集者だったという人物だ。

筒井と綿貫がいるのは、東京都千代田区にある稿栄社の応接室だった。広々とした部屋の一角は大きなショーケースになっており、自社の刊行物と思われる本が整然と並べられている。

筒井と綿貫は十五人ずつが向き合って座れるような巨大なテーブルの端っこに陣取り、須磨と向き合っていた。

「っていうか、青南さんについて訊きたいのなら、他所《よそ》に行くべきじゃないですか。うちは縁を切られてしまったわけですから」

「いまはまったくお付き合いはない？」

綿貫が手帳にペンを走らせながら確認する。

「ええ。事情をわかっていない方から、いまでもたまに取材依頼や執筆依頼が来ることはあるんですが、メールを転送しても返事すら来ません。よほど恨まれているみたいです。参りました」

言葉とは裏腹な口ぶりで、須磨が自分の後頭部に手をあてる。

そういうことなら佐藤に忖度《そんたく》して事実を隠す、あるいは歪曲《わいきょく》することもないだろう。

筒井は綿貫と頷き合った。

「なぜそれほど恨まれているのですか」

筒井は訊いた。

「やっぱり、単純に売れなかったから……だと思います。うちとしては三作書いていただいた段階で次の依頼はしないと決まっていましたし、他社からの依頼もなかったようなので、断筆の危機に陥ったと聞いています。その後、ご存じの通り、ああいったかたちでV字復活されたわけですから、作品ではなく、うちの売り方が悪かったと考えたんでしょう。うちからもブレイク後にあらためて執筆依頼をしましたが、それが気に食わなかったようで、うちから刊行した三作の版権も引き揚げられてしまって、それきりです」

佐藤が断筆の危機にまで陥っていたのなら、売れた後にあらためて執筆依頼したのもなかなかの厚顔ぶりだと思うが、この業界ではそれが普通なのだろうか。その点については、佐藤の怒りも理解できる気がする。

「佐藤さんは、こちらの会社からデビュー作を刊行されたんですよね」

「そうです。うちで主催している『このサス』大賞の奨励賞を受賞してデビューしました」

「奨励賞というのは？」

綿貫が訊いた。

「大賞は最終選考委員の作家さん方の合議で決まります。奨励賞は、大賞を逃しはしたものの、見込みがあるという作品に編集部から声をかけて本にするものです。大賞には五百万の賞金を出しますが、奨励賞には賞金がありません。印税のみです」

「賞は実力で？」

筒井の直截《ちょくさい》な訊き方に、須磨が小さく笑う。

「出来レースとかやらせを疑われているんですか」

「以前、タレントさんが新人賞を受賞して、出来レースを疑われたニュースもありました」

「あれか」と須磨が苦笑した。

「そういうこともありましたね。もしかしたら他社はそういうのがあるのかもしれませんが、うちはないです。ガチンコです。だいたい芸能人とかミュージシャンとか、もともとネームバリューのある人ならともかく、作家デビュー前のあの人の肩書きはアルバイトの塾講師ですからね。下駄を履かせてまで売り出すメリットがない」

「イケメン作家といわれているようですが」

綿貫が言い終える前から、須磨は顔の前で手を振っていた。

「作家にしては、って話でしょう。たしかにお金が入ってからは高いものを身につけるようになって、小綺麗になったとは思います。でもよくよく見たら、そんなにイケメンってわけでもない。雰囲気イケメンですよ。少なくとも実績のない新人作家として、売りにできるほどのルックスではありません。現役高校生とか大学生とかならアレだけど、デビュー時で三十歳ですよ」

かつて一緒に仕事をした相手にたいするものとは思えない、かなり辛辣な評価だ。佐藤にたいしてなにか思うところがあるのだろう。それだけに、この男の証言は信用に足るかもしれない。

「では、受賞は実力だったと」

筒井が言い、須磨が肩をすくめた。

「ええ。それなりに書ける人だとは思いました。だからこちらから連絡したんです」

「新人時代の佐藤さんは、どんな印象でしたか」

須磨が虚空を見上げる。

「最初は、好感を抱きました。昔から自分の身なりには気を遣っていたみたいなので作家さんにしてはお洒落に気を遣っているようでしたし、受け答えもハキハキしていて、素直な好青年という印象でしたから」

「最初は、ということは、途中から変わってきたのですか」

この質問をしたのは綿貫だ。

「だんだん変わったというよりは、好印象は最初の顔合わせのときぐらいで、その後一緒に仕事をするようになってからは、すぐに面倒くさい人だと思うようになりました」

「具体的には、どういうところが面倒くさいと思われたのですか」

筒井が前のめりになる。

「非常に自己中心的なところがあるんです。こちらの助言は聞き入れないし、自分の思う通りに物事が進まないと不機嫌になる。昼夜を問わず連絡してくる。とにかく要求が多い。そんなところですかね。あの調子で売れっ子になったとしたら、いま彼を担当している編集者は相当苦労しているんじゃないかな」

同情する口調だが、どこか愉快そうでもあった。

「要求というのは？」

「いろいろですよ。かわいいものだと、うちから出た本で読んでみたいのがあるから送ってくれとか、そんな程度ですけど、ひどいのになると、自分の作品を竿木賞にノミネートさせろと、そんな要求をされたこともありました」

「竿木賞というのは、有名な賞ですね」

「ええ。エンタテインメント小説の分野では、最高の栄誉といわれています」

「可能なんですか。作品をノミネートさせるというのは」

綿貫の素朴な疑問に、須磨は難しい顔をして唸《うな》った。

「なんとお答えしていいか、悩みどころです。たんに作品の質だけではなく、いろいろとしがらみがあることは否定しません。ですが、作家がノミネートさせろといったからといって、そう簡単にノミネートさせることはできません。少なくとも、いち編集者の裁量でできることではない」

「でしょうね。作家が要求しただけで実現するのなら、みんな要求する」

筒井は須磨に同調した。

「ええ。政治的な部分もないわけではないでしょうが、大前提として、まずは作品に力がないとどうしようもない」

「佐藤の作品は、それだけの水準に達していなかった」

「そういうことになります。ただ、作品自体そんなに悪いとは思いませんでしたけどね。竿木賞レベルとはいいませんが」

「なのに、三作刊行後の依頼はしなかったんですか」

綿貫は手帳にペンを走らせながら訊いた。

須磨はやや躊躇《ちゅうちょ》したように黙り込んだが、それもほんの数秒だった。

「編集者として非常にやりにくい存在ではあったし、うちから刊行した三作品の売り上げも惨憺《さんたん》たる結果だったけど、実際には、もう一、二作書かせて様子を見てもいいんじゃないかという声もあったんですよ、編集部には。私もそう思っていました。荒削りだけど、磨けばものになる可能性もあるんじゃないかと」

「なにかあったのですか」

探るような口調の筒井に、須磨はあっさりと告白した。

「はい。後輩の作家さんに嫌がらせしていたんです」

「たとえばどのような」

綿貫が促した。

「その作家さんによれば、最初は作品の感想をメールで送ってくれる、やさしい先輩だと思ったそうです。けれど、メールのやりとりを続けるうちに作品への批評が手厳しくなってきて、最後には、才能がないのだから早めに筆を折ったほうがいい、といった内容の、批評というより誹謗中傷になりました。私もその作家さんからメールを見せてもらいましたが、これはひどいと思いました。助言といえない、悪意に満ちたものでした。その作家さんは青南さんの嫌がらせが原因で、心療内科にかかったそうです。しばらくは筆も止まってしまいました。だから、青南さんにうちから執筆依頼をするのを取りやめたんです」

　そんな作家と取り引きを続けたくないだろうし、最初の「なにかやらかして逮捕されても意外でもなんでもない」という発言も頷ける。

「そのことが明らかになってから、編集部で作家さんへの聞き取り調査を実施しました。すると何人かの作家さんが同じような被害に遭っていました。全員が青南さんの後輩にあたる作家さんばかりで、先輩を悪く言うことができないからと、編集部に報告していなかったんです」

「そういう経緯があって縁を切った作家に、ブレイク後にまた執筆依頼したんですか」

　綿貫は信じられないという顔だ。

「勝てば官軍ですからね。リスクはあるけど、いまの青南さんならそれを上回るメリットがあると判断し、ダメ元で依頼してみました。断られてしまいましたけど。おまけに、SNSで稿栄社とは二度と仕事をしないという宣言までされてしまいました」

　須磨はばつが悪そうに頭をかいた。

　が、ふいにその手の動きを止める。

「だけど、負け惜しみをいうわけではなく、断られてよかったと、いまでは思っています」

「なぜですか」

首をひねる筒井に、須磨はショーケースを指差した。そこには稿栄社から刊行された書籍が展示されている。

「謎山解《なぞやまかい》、ですよ。ご存じありませんか」

「謎山？」

おまえ知ってるか、という感じに綿貫を見たが、「自分、小説読まないんで」とかぶりを振られた。

「『トリックマスター』の二つ名を持つ、知る人ぞ知る本格ミステリーの第一人者です。来週発売になるんですが、謎山解十年ぶりの新刊となるこの原稿を手に入れられただけでも、青南さんに断られてよかったと思えます」

情報が多すぎて整理できない。謎山解というのは小説家の名前らしいが、それが佐藤に執筆依頼を断られたのと、なんの関係があるのか。

須磨は頼んでもいないのに鍵を取り出し、ショーケースに展示されていた謎山解の著作を取り出した。四六判のハードカバーで、表紙には不気味な洋館が描かれている。『空中迷宮殺人事件《くうちゆうめいきゆうさつじんじけん》』というのが、小説のタイトルらしい。

「謎山さんは寡作で知られる作家で、十年前にミステリーランキングを席巻した『幻《げん》想邸奇譚《そうていきたん》』以来まったく小説を書いていなかったんです。SNSのほうでは頻繁に呟かれていてお元気な様子でしたが、執筆意欲は湧いてこなかったようで、ファンの間では次回作が待望されていた作家さんでした」

「十年も書いていないのに次回作を待つなんて、大変ですな」

筒井は内心あきれていた。小説は書かないのにSNSでは頻繁に発信するなんて、作家はやはり変わり者が多いのだろうか。

「普通の作家さんは十年も経てば忘れられてしまいます。それほどファンに愛されていた作家さんということです。その作家さんが久しぶりの連載媒体に選んだのが、うちの『小説稿栄』だったんです」

須磨の話し声が次第に熱を帯びてくる。それほどすごいことなのだろう。

だが、佐藤とのつながりは……？

綿貫も焦《じ》れてきたようだ。

「その謎山さんに書いてもらうことと、佐藤さんはなにか関係があるんですか」

「うちが、青南さんが二度と書かないと宣言した版元だからです」

意味がわからない。筒井は顎をかいた。

「それはいったい、どういう――」

「謎山さんは、青南さんとSNSで揉めたことがあるんです。サロンの会員に大量購入させるという青南さんのやり方を、出版業界にはよく思わない作家さんも多い。謎山さんもそのうちの一人でした。はっきりと名指ししないまでも、青南さんの商法にたいする批判と受け取れるような投稿をしたのをオンラインサロンの会員に見つかり、袋だたきにされた騒動があったんです。もちろん、謎山さんを擁護するミステリーファンもいたけれど、ああいうのってやはり、批判の声のほうが強く印象に残ってしまうもののようですね」

「それで、こちらの会社で本を出すことになったと？」

確認しながら、筒井は自分の頬が強張るのを感じた。久しぶりに筆を執るきっかけが喧嘩《けんか》した相手へのあてつけだなんて、変わり者というより小学生じゃないか。

「そういうことです。うちは謎山さんとご縁がなかったので、いきなり本人から電話があったときには本当に驚きました。イタズラ電話かと思って、危うく電話を切るところでした。どうやらその電話してきた日が、青南さんのサロンの会員から猛バッシングされたその日だったようです。頭に血がのぼってそのままの勢いで電話したという話でした。だから怪我《けが》の功名というわけじゃないですけど、青南さんがうちの依頼を断ってくれたおかげで、謎山さんの遺稿を手に入れられてラッキーでした。正直、青南さんは身内買いで安定した数字が期待できる半面、文芸版元としての評判が落ちるかもしれないという懸念もあります。そう考えると、謎山解十年ぶりの新刊のほうがよほどありがたい」

ははは、と屈託の欠片《かけら》もない笑い声を聞きながら、筒井はぽかんと口を開いていた。その表情のまま横を見ると、綿貫も同じ表情をしている。

だが綿貫が、ふいになにかを思い出したように表情を引き締めた。

「いま、遺稿とおっしゃいました？」

筒井も我に返る。たしかにそう聞こえた。

「ええ。謎山さんは亡くなりました。うちから出す本を校了した直後ですから、三週間ほど前になります。先月の五日でした。本当に、惜しい人を亡くしました」

言葉では故人を偲《しの》んでいるかのようだが、その口調は軽やかで、作者の死すらプロモーションに利用してやろうという商魂が透けて見えた。

6

「どうしたんですか、それ！」

駆け寄ってくるシオリの勢いに圧倒され、絵麻は顎を引いた。

「それ？」

「それですよ、それ。その本。たしかまだ発売前のはずですよね」

シオリが絵麻の手もとを興奮気味に指差してくる。

絵麻が手にした本のことをいっているらしい。

「聞き込みに行った出版社でもらってきたんだ」

筒井が得意げに胸を張る。

「そんなことあるんですね！　すごーい！　謎山解の新作を発売前に読めるなんて」

「シオリちゃん、好きなの？」

本を差し出すと、シオリは目を丸くした。

「いいんですか」

「後で返してね」

絵麻たちがいるのは、本部庁舎十七階のカフェスペースだった。佐藤への事情聴取を終えて休憩所でひと息ついていたところに、筒井たちが絵麻を探してやってきたのだった。

筒井は絵麻に歩み寄るなり、一冊の本を差し出した。謎山解というミステリー作家の『空中迷宮殺人事件』というハードカバーだった。

いまシオリが見入っている本を指差し、絵麻はいった。

「この謎山解という作家を、佐藤が殺した。筒井さんはそういいたいんですか」

ええっ、と声を上げたシオリが、本を落としそうになる。

「そういうことだ。佐藤には、信奉者を操ってアンチを排除した自覚がないんだよな？」

「ええ」

佐藤への事情聴取の結果については、すでに伝えてある。

「だが佐藤は誰かを殺している」

「そうです」

インタビュー動画を見る限り、それは間違いない。

「そういうことか」と西野が目を見開いた。

「インタビューの佐藤は、殺人の経験を否定する際になだめ行動が出た。けれどその殺人がどの事件なのかは特定されていない。佐藤がなだめ行動を見せた殺人は、岸を始めとする連続通り魔殺人ではなく、まったく別の殺人だったんじゃないか、ということですね」

重々しく頷き、筒井がこちらを見る。

「どうだ。殺人が一件増えてしまうし、通り魔殺人については振り出しに戻ることになるが、それなりに筋は通るんじゃないか」

絵麻はこぶしを口もとにあてた。ぽん、ぽん、と唇にこぶしをあてたり、離したりしながら考える。

「謎山と佐藤がＳＮＳで揉めたというのは？」

綿貫が懐《ふところ》から手帳を取り出す。

「およそ三年前です。『一人何冊購入したかを読者に競い合わせる作家がいるらしい。より多く購入した読者が優秀な読者というわけだ。下劣きわまりない。私は、一冊を手もとに置いて大切にしてもらえればそれでいいし、それがいい』という投稿に、佐藤のオンラインサロンの会員が反論し、それにたいしてさらに謎山が反論、ほかの作家やミステリーファンなども巻き込んで、炎上に近い状態になっています。ただ、佐藤自身はその騒動に加わっておらず、ＳＮＳでも謎山についてなんら言及していません」

「そのせいか騒動自体は数日で鎮火したが、そのときの炎上が長らく小説を書いていなかった謎山の創作意欲に文字通り火を点《つ》けた。謎山はすぐに稿栄社に自ら電話をかけ、執筆したいと申し出ている。稿栄社は佐藤が絶縁宣言した出版社だ。謎山はご丁寧にも、最初の稿栄社での打ち合わせから脱稿、校了まで、逐一ＳＮＳで報告している」

「十年ぶりの新刊って、その騒動が原因だったんですか」

シオリが目をぱちくりとさせる。

「謎山っていう作家は、そういうことをしそうな人なの？」

西野に訊ねられ、シオリがぽってりとした唇を曲げた。

「人間性まではよく知らない。ＳＮＳをやっていたってことも、そういう騒動があったってことも、いま知ったし。謎山解が本を出すってことも、書店に貼ってあったポスターで知ったの」

普通はそんなものだろう。

綿貫の報告は続く。

「その後、一年ほどの準備期間を経て、二年前から『小説稿栄』で連載を開始。全十五回の連載を無事に終え、単行本にまとめる際のすべての作業を完了した直後に、亡くなっています」

「死因は？」

絵麻の質問に答えたのは、筒井だった。

「溺死《できし》だ」

「溺死？」と西野が眉をひそめる。

「ああ。風呂場で湯船に浸かったまま死んでいたらしい。発見されたときには死後三日が経過していて、旧式のボイラーは安全装置がついていなかったためにずっと加熱が続いており、遺体は三日間、熱湯で煮込まれていた。肉や脂肪が骨から剝《は》がれ、水位の下がった湯に浮いていて、上半身は骨が露出した状態だったらしい」

筒井の説明を聞いて、西野が自分の口に手をあてる。

「ただ、部屋の中は荒らされた形跡もなく、不審な点は見当たらなかったことから、入浴中の心臓発作による事故死として処理されている」

綿貫がいった。

「心臓発作って、謎山解は何歳だったんですか」

シオリの質問は捜査とは関係なく、ゴシップ的な興味からくるものだろう。

「六十三歳。本名は藤岡満夫《ふじおかみつお》。死亡推定時刻は先月の五日から六日にかけて」

「本名はめっちゃ普通ですね」

西野が乾いた笑いを漏らした。

「謎山に家族はいないんですか」

絵麻は筒井を見上げたが、答えたのは綿貫だった。

「大田区池上《いけがみ》のマンションで一人暮らしでした。かつては結婚していたこともあり、息子と娘がいますが、あまり家族仲は良くなかったようですね。頻繁に連絡を取る関係ではなかったみたいです」

「SNSでの喧嘩でかっとなって、それまで書いてなかった小説を書き出すんだから、かなりの変人だったんだろう。そんな人間と一緒に生活していたら、家族もさぞ苦労させられただろうな」

筒井は謎山の家族に同情する口調だ。

「でもそれにしては、発見が早いですね」

絵麻は訊いた。

死後三日で発見というタイミングは、家族と暮らしているにしては遅いが、一人暮らしなら早い。孤独死であれば、下手したら腐乱して異臭が屋外に漏れ出すまで気づかれない。

「編集者が家を訪ねたんじゃないですか」

推理を披露するシオリに、綿貫は軽く両手を広げた。

「残念。いまは原稿のやりとりもメールで済んでしまうから、編集者が作家の自宅を訪ねることはほとんどないらしい。稿栄社の担当編集者も、謎山の自宅を訪ねたことはないそうだ」

「そうなんだ。編集者って、作家の自宅に行って原稿ができあがるまで待ってるみたいなイメージだった」

「おれもそう思っていたけど、いまは違うようだ。稿栄社の編集者は、連載開始前の打ち合わせ以来、謎山とは顔を合わせていない。その数回の打ち合わせも稿栄社に謎山が出向いているから、自宅には行ったことがない。進行がギリギリだと自宅までゲラを届けたり、取りに行ったりすることがあるものの、よほど切羽詰まった場合でないとそこまでの必要はなく、宅配便のやりとりで足りるんだと」

「ゲラって？」

「製本する前の試し刷り？　の状態だそうだ」

「へえっ。ゲラっていうんだ」

綿貫の披露した情報に、シオリが感心したように口をすぼめる。

「じゃあ、誰が遺体を発見したの」

絵麻が眉根を寄せ、筒井が答えた。

「不動産管理会社の社員だ」

「謎山は家賃を滞納していたようです。催促の電話にも応答がなく、不審に思った不動産管理会社の社員が大田区池上にある謎山の自宅を訪ね、風呂場で死んでいるのを発見しました」

綿貫が手帳の情報を読み上げた。

「謎山解って、そんなにお金に困っていたんですか」

シオリにとって今日一番の驚きだったようだ。目玉がこぼれ落ちそうな勢いで目を見開く。

「家賃を滞納するってことは、そうなんだろうな。羽振りが良かった時期もあったようだが、連載開始時点では八年ほど本が出ていなかったわけだし。離婚もしてるし、財産分与や二人の子供の養育費やなんやで、金もかかったんじゃないか」

ここにいるメンバーで唯一家庭を持つ筒井の言葉は、さすがに実感がこもっている。

「小説家って、思ったほど儲《もう》かる仕事じゃないんですかね」

西野が残念そうに眉を下げる。

「謎山解クラスだと、一生安泰っていうわけではないのかもしれん」

筒井の言葉に、シオリが食いつく。

「謎山解クラスなんて言いますけど、けっこうすごいですよ。ミステリー好きならたぶん誰でも名前を知ってるレベルだし」

「そうなんだ」と西野。

「そう。あの『トリックマスター』が家賃を滞納するぐらい困窮してたなんて、なんだか夢がない話だなあ」

「だけど佐藤青南は大成功してるぞ」

「それも逆に夢がないと思いません？　あんな感じで宗教みたいな商売をしないと、作家は儲からないんだと考えれば」

シオリに詰め寄られ、筒井が両手を上げて仰《の》け反《ぞ》る。

ともかく謎山は佐藤とSNSで揉めたことがあり、それがきっかけで、佐藤のデビュー版元である稿栄社での連載を開始した。稿栄社にしてみれば、宗教じみた商法で本を売る佐藤より、業界内での評価の高い謎山の原稿のほうがありがたい。絶縁宣言をしてダメージを与えたつもりの佐藤にしてみれば、おもしろくないだろう。

加えて、佐藤がインタビュー動画では殺人をほのめかすなだめ行動を示しながら、その後、岸の犯行への関与を否定する際には、いっさい不審なしぐさを見せなかったという事実。岸の事件とは別の事件にかかわっていたと考えれば、筒井のいう通り辻《つじ》褄《つま》も合う。

謎山が死んだのは、およそ三週間前の先月五日。死因は溺死。遺体は湯船に浸かり、熱湯で煮込まれ続けたために骨から脂肪や肉が剥がれていた。第一発見者は不動産管理会社の社員。家賃の督促《とくそく》のために謎山宅を訪ね、遺体を発見した。

佐藤のなだめ行動が示す殺人の被害者は、謎山解なのだろうか。

第三章

嘘はつかないが本当のこともいわない

1

「謎山解……先生、ですか」

なぜその名前が出てきたのか、という感じに、岸が首をかしげる。

「そう。ミステリー作家を目指していたのなら、知ってるんじゃない？」

絵麻はデスクの上で両手を重ねた。背後には西野がキーボードを叩く音が聞こえている。

絵麻は取調室で岸と向き合っていた。謎山解と佐藤青南のかかわりについて確認するためだ。

「もちろん知っています」

それがなにか？という表情だった。嘘もついていない。

「佐藤は謎山解とＳＮＳでトラブルになったことがあったそうね」

「そうなんですか」

意外そうな反応だった。

「知らないの？　三年前に佐藤のサロン商法を批判するような投稿をして、オンラインサロンの会員たちから激しく攻撃されたと聞いたけど」

「三年前ですか。それなら僕にはわかりません。僕がオンラインサロンに入ったのは二年前で、三年前にはその存在すら知りませんでした」

三週間前に佐藤が謎山を殺害したとすれば、佐藤はそのときの批判を三年も根に持ち続けていたことになる。

「メルマガや飲み会なんかで、佐藤が謎山について言及したことは？」

「それはあります」

やはり。

だが言及の仕方は、絵麻の想像とはかけ離れていた。

「寡作だがとても素晴らしい作品を書かれる作家さんなので、小説家を志すならばぜひ読むべきだと話しているのを、飲み会やセミナーで聞いたことがあります。とくに『小説稿栄』で連載中の『空中迷宮殺人事件』がおもしろいと、おっしゃっていました」

思いがけない回答に虚を突かれた。

「本当に？」

つい訊き返してしまったが、その必要がないのはわかっている。岸には不審なしぐさがいっさい見られなかった。

「はい。青南さんがほかの作家さんをオススメするなんてとても珍しいから、よく覚えています。青南さんのオススメがきっかけで、僕も謎山先生の本を買って読みました。ですからいま、SNSでトラブルがあったと聞いて驚きました」

なだめ行動なし。どういうことだ。

「佐藤がほかの作家の作品を薦めるのは珍しかったの」

「ええ。ビジネス書なんかをたまにオススメすることはありましたけど、ほかの作家さんが書かれた小説をオススメしたのは、ほかには記憶にありません。文壇の馴れ合いが嫌いだといっていたのに、それでも名前を挙げるということは、よほど好きなんだと思いました」

ただ、と岸が言葉を探るような顔になる。

「ただ、なに？」

「いざ謎山先生の本を読んでみたら、青南さんの作風とはだいぶ違ったので、少し戸惑いました。あれほど熱心に薦めてくるから、すごく影響を受けていて、作風も近いんじゃないかと期待していたんです。作風がかけ離れているからこそ認めるといった部分も、あるのかもしれないと思いました」

その後もしばらく話を聞いたが、佐藤が謎山に悪感情を抱いていたのを示すような証言はなかった。

「筒井さんの推理も外れだった……ってことですかね。佐藤は謎山を恨むどころか、むしろ認めていた」

　取調室を出るや、西野がため息をついた。

「いや。それは違うと思う」

　絵麻は歩きながらかぶりを振る。

「謎山の作品がおもしろいと表立ってアピールしていたのなら、業界内で評価の高い謎山のご機嫌取りという解釈もできるけど、オンラインサロン内部で、会員に薦めていたんですよ」

　西野は意外そうだ。

「そこが不自然なの、オンラインサロン内部だけで褒めていたというのが」

「そうかな」

　到底納得できないという感じに、西野が口をへの字にする。

「佐藤は自分の見せ方にたいして、異常なほど気を遣っている。というか、他人にたいして自分がどう見えるか、という部分にしか関心がない。だから謎山の批判にたいして反論するにしろ、謎山の作品を賞賛するにしろ、オンラインサロンの外でやるぶんには理解できる。反論するなら信奉者をけしかけて謎山を攻撃しようとしているってことだし、賞賛するなら業界で評価の高い作家に取り入ろうとしている」

「それがないから、本心ってことじゃないですか。佐藤は謎山に憧れていた。だから表に出ないところで、謎山の作品を賞賛した」

「だけど岸が言うには、謎山から影響を受けたとは思えないほど二人の作風はかけ離れている。それに、佐藤にとって謎山が憧れの存在であったとしたら、謎山がSNSで炎上しているとき、なぜ佐藤は自分のサロンの会員たちを止めなかったの」

「そっか。佐藤だってSNSをやっている。自分の商法が批判されたとはいえ、憧れの存在が自分の信奉者たちに攻撃されているのなら、普通はなんらかのアクションを起こしますね。神保町の書店でも、佐藤が声を上げただけでぴたりと声がやんだ。佐藤が一声かければ、炎上はすぐに収まったはずだ」

今度はすんなり腑に落ちたらしい。

「そういうこと。もしも私が佐藤の立場で、謎山を認め、憧れていたとしたら、ここぞとばかりに騒動を利用する。信奉者たちの暴走を止め、謎山作品への思い入れをたっぷりと語って、憧憬をアピールする」

「なのに佐藤は騒動が起こった当時、なんのアクションも起こしていない……もしかして、騒動自体知らなかったのでは？」

「ありえない」と絵麻は断言した。

「謎山を攻撃しているのは、佐藤のオンラインサロンの会員なのよ。かりに佐藤自身がSNSをチェックしていなかったとしても、佐藤の耳に入れようとするお節介な人間が必ず一人はいる。集団とはそういうもの」

「ですね。本人に伝えなきゃいいだけなのに、わざわざ告げ口して火に油を注ぐやつって、どこにでもいますし」

なにやら思い当たるふしでもあるのか、西野は苦々しげに顔を歪めた。それから虚空を見つめる。

「だとすると佐藤はどうして、内輪で謎山の作品を褒めたりしたんでしょう」

「さあ。いろいろ可能性は考えられるけど、本人に訊いてみるのがいちばんじゃないかしら」

ええっ、と西野が顔をしかめる。

「また会いに行くんですか。なんかあの連中、気味が悪いんですよね。なにされるかわからない恐怖があるというか」

「だから私たちが暴走を止めるの」

西野はしばらく恨めしげな視線で絵麻を見つめていたが、やがて懐からスマートフォンを取り出し、電話をかけ始めた。

2

筒井と綿貫は池上駅で電車をおり、徒歩で謎山のマンションに向かった。

五分ほど歩いたところで、スマートフォンの地図を見ていた綿貫が、前方にある赤い外壁の建物を指差す。

「あれですね」

意外にボロいな、と筒井は思った。家賃を滞納していたと聞いたので金には困っていたのだろうが、業界での評価も高いという有名作家だ。貧しいというより、贅沢《ぜいたく》ができないのだろうと想像していた。

このマンションなら、家賃もそれほど高くないだろう。謎山はそれほど金に困っていたのか。それとも住居には関心がなく、寝起きする場所があればいいと考えるタイプだったのか。

マンションのエントランスの前には、きちっとしたスーツ姿の男と、それとは対照的な雰囲気の、長髪でひげ面の男が立っていた。どちらも三十代ぐらいに見える。

筒井たちに気づいたらしく、スーツ姿の男のほうが歩み寄ってきた。

「マンションの管理会社の方ですか」

筒井はところどころ塗装の剝がれた外壁を指差した。

「そうです」

男は名刺を差し出しながら自己紹介した。宮沢《みやざわ》という名前のこの男が、謎山の遺体の第一発見者だった。

そしてもう一人の長髪の男は、藤岡典満《のりみつ》。謎山の実の息子で、映像関係の仕事をしていると聞いている。

「今日はご足労かけてすみません」

筒井は腰を低くして頭を下げた。

「かまいませんが、なぜいまごろになって父の部屋を？」

藤岡が不審に思うのも当然だ。所轄署は事件性なしの事故死として処理している。おそらくそのときにも、しつこいぐらい話を聞かれただろう。

不動産管理会社に問い合わせたところ、謎山宅からはまだ荷物が運び出されておらず、謎山が亡くなったほぼそのままの状態が保たれているという。そこで謎山の息子に部屋の中を見せてくれるよう、宮沢に取り次いでもらったのだった。

「詳しくはお話しできませんが、ある事件に関係があるかもしれないと思い、宮沢さんから連絡していただきました」

「事件に……まあ、あの人がなにをしていたかは、僕らにはわからないんで、なんともいえないんですが」

藤岡は複雑そうな顔をした。

マンションは四階建てで、謎山の部屋は最上階だった。作動時にがたがたと揺れるエレベーターに乗って四階に向かい、廊下に出た。

外廊下に面して、扉がいくつか並んでいる。どれが謎山の部屋なのか、すぐに見当がついた。いちばん奥の扉の周囲に、本が山積みになっている。

藤岡についていくと、案の定、その部屋が謎山宅だった。

鍵穴に鍵を差し込む藤岡に訊いた。

「この本は、もともと?」

てっきり捨てるために紐で縛って外に出したのかと思ったが、扉の横に積んである本の表紙は、日に焼けて色が薄くなっている。紐で縛ってもいない。

「そうです。いずれ蔵書はどこかに寄贈するなり、処分するなりしないといけないと思ってるんですが、とにかく量が多いものですから。この部屋は通路の突き当たりだし、ほかの住人の通行の邪魔になることもないだろうということで、いまのところそのままにさせてもらっています」

「少し、見てもいいですか」

「もちろん。かまいません」

筒井はしゃがみ込み、積み上げられた本から、一番上の一冊を手に取った。埃《ほこり》の積もった表紙を手で払う。印刷は薄れているが、『小説春夏秋冬《しゅんかしゅうとう》』という雑誌名が読み取れた。二年半前の八月号だ。

「それは文芸誌です。取り引きのある出版社から毎月送られてくるものだと思います。昔から文芸誌の処分に困ると、父がぼやいていました」

藤岡の声には、ほんのりと感傷が滲《にじ》んでいた。

筒井がページをめくろうとすると、はらり、と紙片が舞った。文芸誌に挟み込まれていたらしい。

綿貫が空中でキャッチしようと試みるも、結局はつかむことができずに外廊下に落ちた。それを拾って手渡してくる。

紙片には明朝体の文字が印刷されていた。文芸誌が完成したので送りますという旨の簡潔な文章と、送り主と思《おぼ》しき編集者の名前が記されている。

「送付状だな」

「先頭のページに挟まっていました」

綿貫の言う通りに先頭のページに挟み直しながら、藤岡に謝る。

「すみませんでした」

「かまいません。どうせ捨てるものですし。父もそう思ったから、無造作に外に積んでいたのでしょう」

「希少価値はないものなんですか」

本を戻しながら、積み上げられた背表紙を見る。『小説ダイヤモンド』、『小説旅人《たびびと》』『小説波濤《はとう》』などのタイトルが並んでいる。どれも文芸誌のようだ。

「何十年も先になったらどうなるかわかりませんが、単行本にまとまる前の原稿が掲載される、漫画週刊誌の小説版みたいなものですからね」

そう聞くとわかりやすい。

宮沢を廊下に残し、藤岡、筒井、綿貫の順に玄関に入った。

三和土《たたき》に足を踏み入れてすぐに、古書特有のかび臭さが鼻をついた。それもそのはずで、玄関からすでに一メートル近い本の塔がいくつも出来上がっている。昼間なのに奥が薄暗くなっていて廊下の先が見えない。

本の塔で狭くなった廊下を、身体を横にして通りながら、綿貫がいう。

「これ全部、文芸誌なんですね」

言われてみて筒井も気づいた。積み上げられているのはすべて文芸誌だ。

「そうです。単行本はきちんと書棚に所蔵されています」

先を歩く藤岡が、壁に背をつけたままこちらを振り返る。

「漫画雑誌は捨てるけどコミックスは取っておく、みたいな感じかな」

綿貫は妙に納得した様子だった。

「家族で暮らしていたころは母が捨てていたけど、一人だとため込んでしまうようになったんでしょう。家事なんかろくに出来ない人だったから。廊下に積んである文芸誌、家の奥に進むにつれて古いものになっているんです。で、外に積んであるのがもっとも新しい号です。届いたものをどんどん積み上げていったら、部屋の外に出てしまったという経緯が想像できて、おもしろいというか、父らしいというか」

藤岡が笑う。

「外の号がもっとも新しいんですか。たしか二年半前の号でしたが」

筒井はカニ歩きしながら訊いた。

「ええ。少なくとも、あれより新しい文芸誌は、この家の中では見つかりませんでした。あれ以上、外に積むわけにもいかなくなったから、届いたものを捨てるようになったんじゃないですか。だったらまず、この廊下の本から処分しろって話ですけど」

「息子さんはお父さまの生前、こちらにはあまりいらっしゃらなかったんですか」

筒井の質問に、藤岡は即答した。

「来ないですね。マンションの前まで来たことはありますけど、父は自宅に誰かを上げるのをひどく嫌っていました。たまに会うにしても、近所の喫茶店とか。それにしても、最後に会ったのはもう五、六年前です」

「そうなんですか」

綿貫は驚いた様子だ。

「ええ。親子なのに変ですよね。一緒に暮らしているころから誰かが仕事部屋に入るのをすごく嫌がっていて、小学生のとき、父の不在時に入り込んで遊んでいたのがバレて殴られたことがありました」

「それはひどい」

「ひどいと思います。子供相手に殴ることはない。そんな感じで気難しい人だから、母とも上手くいかなかったんです。妹はいまだに父を嫌っています。私も若いころは嫌いでした」

「いまは、どうですか」

筒井の脳裏には、高校二年生になった娘の顔が浮かんでいた。思春期に入ったころからほとんど口も利いてくれなくなった。いまもせいぜい「おはよう」「ただいま」「おかえり」を交わすぐらいだ。そんななけなしのコミュニケーションにしたって、挨拶を無視するなどなにごとかと一時間近くお説教した結果、勝ち取ったものだ。

「いまも複雑ですよ。父親としては、間違いなく失格です。でも夢中になれるものを見つけて、成功を収めた人生の先輩としては尊敬しています。もっとも、風呂場で孤独死しているところを発見されるような最期《さいご》を迎えた作家が、成功したといえるのかは微妙ですが」

藤岡はそういって肩をすくめた。

まず死亡現場となった浴室に案内された。目地の細かいタイルが古臭い印象だが、広くもなく狭すぎるわけでもない、なんの変哲もない浴室だ。

すでにクリーニング済みで湯船も綺麗なものだったが、うっすらと腐臭が漂っている気がするのは、換気していないせいだろう。藤岡も同じように感じたらしく、「ここです」と筒井たちを案内しながら、すぐに明かり取りの小窓を開けた。小窓は外廊下に面しており、外で待っていた宮沢の後頭部が、くるりとこちらを振り向いた。煙草《たばこ》を吸って待っていたようで、慌てて携帯灰皿に煙草を押し込む。

ちょうどいい。宮沢にも話を聞こう。

「謎山……藤岡満夫さんは、こちらで亡くなっていたんですね」

小窓越しに宮沢が浴室を覗き込む。

「そうです。最初は湯気で一面真っ白で、なにも見えませんでした。でも湯気が晴れたらぐつぐつに沸騰し続けるお湯の中に藤岡さんが浸かっていて……一瞬、それが藤岡さんだとも気づかなかったんですが、慌てて湯沸かし器を止め、通報しました」

そのときの映像は思い出したくもないという感じに、宮沢が顔を歪めた。

「藤岡さんを訪ねたのは、家賃を滞納していたためだとうかがいましたが」

藤岡に遠慮するように、宮沢が視線を泳がせる。

「はい。この物件は、月末までに翌月ぶんの家賃を振り込んでいただく契約になっています。藤岡さんは滞納することがあっても、留守番電話にメッセージを残しておけば、翌日には振り込んでいただいていたのですが……」

「家賃の滞納は初めてではなかったのですか」

筒井は思わず綿貫と互いの顔を見合わせた。

「たまにですよ。たまに」と宮沢は強調した。

「本を読むのに夢中になって、家賃のお振り込みを失念することがあるとおっしゃっていました」

「親父らしい」と藤岡が笑う。

「ところが先月は、留守電にメッセージを残しても振り込みがなかった？」

そういうことなのだろう。

「ええ。入居者の月末のお振り込みが確認できなくても、数日待って、翌月五日ごろにお電話差し上げることにしています。藤岡さんは電話が苦手ということで、滅多に応答されることもなく、留守番電話につながることがほとんどだったので、お振り込みをお忘れですよというメッセージを残すようにしていました。それでいつもなら翌朝には振り込まれているのですが、先月は振り込みがなかったので、ふたたびお電話しました。やはり応答はなく、留守番電話にメッセージを残しました。その翌朝になってもお振り込みが確認できなかったので、ご自宅にお邪魔することにしました」

そして藤岡の遺体を発見した。

「一つ、疑問があるのですが」

綿貫が手を上げ、藤岡のほうを向く。

「お父さまの収入源は、なんだったのですか。失礼ですが、十年近く本を出されていなかったとうかがったもので」

「詳しくは知りませんが、印税でしょう。新作を書かなくても、過去の作品に増刷がかかるので、毎年数百万円の収入にはなっていると、母から聞いたことがあります」

「そんなに？」

「はい。だからろくに働かなくなってしまったみたいです。出版不況になって、昔に比べたら増刷の回数も部数もだいぶ減っていたらしいけど、それでも当座の生活費に困る、というほどではなかったと思います。実際に父の口座には一千万円以上の預金が残されていました。だから家賃の滞納は、本当に期日を忘れていただけだと思います」

浴室を出た筒井と綿貫は、藤岡の仕事場に案内された。

背の高い書棚の狭い隙間にすっぽりと収まるようにデスクが置かれていて、その上にちんまりとノートパソコンが閉じられていた。

「パソコンを開いてもいいですか」

筒井は振り返り、藤岡に了解を求めた。

「かまいません。ただパスワードがわからないんですけど」

「そうか。それなら、この場で中を見るのは難しいですね。持ち帰って解析しないと」

綿貫がいう。

「用が済んだら返していただけるんですか」

「もちろんです。扱いにもじゅうぶんな注意を払います」

「ならどうぞ。すぐに必要になることはないでしょうから」

「ありがとうございます」

綿貫がノートパソコンを持ち上げた。

同時に、筒井は眉根を寄せる。藤岡に訊いた。

「お父さまは、おもに外で執筆なさっていたんですか」

「そんなことはないと思いますが」

なぜそんなことを訊くのかという感じで、藤岡が片眉を持ち上げる。

「喫茶店とか、ファミレスなどで執筆するという作家さんもいますよね」

「ええ。ですが父は、そういうことはしなかったと思います。最近は一緒に生活していなかったので、もしかしたら執筆スタイルが変わったのかもしれませんが、私が知る限り、父は物音や話し声にひどく敏感でした。神経質を通り越して、病的といえるかもしれません。リビングで母と妹が談笑していたときに、突然仕事場から出てきて、うるさくて仕事にならないから黙っていろと怒鳴りつけたこともありました。そんなに大きな声で話していたわけでもないのに。だから喫茶店やファミレスなんて考えられません」

「この部屋のほかに仕事場を持っていたとか」

「ないと思います。少なくとも、私は聞いていません」

「なにか気になっているんですか、筒井さん」

綿貫は埃の積もったノートパソコンを、両手の平で挟むように持っている。

筒井はデスクの、ノートパソコンが置いてあった場所を顎でしゃくった。

「埃が積もっている」

「本当だ」

ノートパソコンのかたちに長方形の跡がついていた。しかしその長方形の内側にも、うっすらと埃が積もっている。ずっとこの場所に置かれていたわけではなさそうだ。

「あとは、ＡＣアダプターがない」

「そういやそうだ」

不思議そうにノートパソコンをいろんな角度にかたむける綿貫をよそに、筒井はしゃがみ込んでコンセントを探した。

すぐに見つかった。デスクの置かれた壁の、床から二〇センチほどの位置に、上下二つ並んでいる。上のほうの差し込み口にはプラグが挿してあった。プラグからのびたコードを辿ってみる。プリンターにつながっていた。ノートパソコンの電源はない。

「おかしいですね。ここでずっと執筆していたのなら、ACアダプターもコンセントに差しっぱなしになるはずなのに」

隣からデスクの下を覗き込みながら、綿貫が顎に手をあてた。

自宅で執筆していたはずの謎山のノートパソコンに、持ち出された形跡がある。なにか意味があるのか。たんに執筆スタイルが変わったり、気分転換に持ち出されただけか。

「アダプターがないと困りますか」

藤岡が心配そうに声をかけてくる。

「いえ。その点はどうとでもなると思います」

綿貫が上体を起こした。

「そうですか。よかった。もしかしたら、一人で暮らすようになってから、外でも執筆するようになったのかもしれません。家族と暮らしているときには気づかなかったけど、いざ一人になってみて、適度なうるささが恋しくなったりしたのかな」

　藤岡はそういって寂しそうに笑った。

3

「いました。あそこです」

　西野が指差す方向に、絵麻は顔をひねった。

　同じデザインの黄色いTシャツを着たいた。佐藤青南オンラインサロンの面々だ。同じデザインの黄色いTシャツを着た一団がたむろしているので、遠くからでもすぐにわかる。前回と同じように周囲の一般客から好奇や恐怖の視線を投げかけられているが、本人たちは気にする素振りもない。むしろ自分たちを見て欲しいとアピールするかのように堂々としている。

　二人の刑事の接近に真っ先に気づいたのは、白髪の七三分けで眼鏡をかけた男だった。神保町にもいたヤマグチという男だ。

「なにしにきやがった」

　それは絵麻たちにというより、仲間たちへの呼びかけのようだった。周囲の黄色Tシャツたちが一斉に振り返る。

「ご挨拶ね。書店に買い物に来ちゃ悪いっていうの」

絵麻たちが訪れているのは、二子《ふたこ》玉川《たまがわ》駅にほど近い商業施設の中の書店だった。

絵麻がつんと顎を突き出すと、ヤマグチが舌打ちする。同時に、右の肩がぴくりと動く。発作的につかみかかろうとしたのだろうが、絵麻の背後に控える西野を一瞥し、衝動を抑え込むように鼻に皺を寄せた。

「リストラされた？」

「は？」

ヤマグチの顔に『怒り』と『恐怖』が同時に浮かんだ。当たりのようだ。

「髪型とか物腰が、長年勤め人だった人間のそれ。けど、こんな平日の昼間に大名行列に加わっているということは、いま現在、会社勤めはしていない。とはいえ定年にはまだ早い。この前といい、今回といい、あなた、元勤め人にしては直情的な言動が目立つのよね。半面、西野を見て私への攻撃を思い留まるような気の小ささも覗かせる。だったら最初から感情を表に出さなきゃいいのに、それができない。嫌なことをそのまま顔に出してしまうし、口にも出してしまうから、上司の覚えはめでたくないし、部下からも慕われない。組織からは真っ先にはじき出されるタイプの人間ね。いまはなにやってるの。目の下に隈《くま》が浮いているから、深夜か早朝のアルバイト？　年下の先輩にこき使われて大変ね」

絵麻が話し終えるころには、ヤマグチの顔色は赤を通り越してどす黒くなっていた。

ヤマグチを取り巻くほかのメンバーたちにもちらほらと『恐怖』が見える。オンラインサロンにのめり込む人間はそもそも自己肯定感が低く、権威信仰の強い依存的なタイプが多い。絵麻の次なる標的となって、自分のコンプレックスがあぶり出されるのを恐れているようだ。

「佐藤先生は？」

ヤマグチの隣にいた茶髪の中年女を見る。

中年女はおののいたように後ずさった。

「いまは事務所のほうでサインを……」

声も震えていた。

そのとき、ぱん、と音がした。

佐藤青南だった。高そうなスーツに身を包み、数人の取り巻きを従えている。

佐藤は笑顔で両手を広げていた。そのまま両手を合わせて音を鳴らす。

ぱん、ぱん、ぱん、ぱん。

音同士の間隔の長い拍手をしながら、ゆっくりと歩み寄ってきた。

「素晴らしい洞察力だ。前回会ったときから感じていましたが、楯岡さんはまるで僕の小説の主人公・築山みどりですね」

「それはどうも」

絵麻は皮肉っぽく笑った。

「みんなもそう思うだろう？　これぞ本物の刑事のすごみだ。会ったばかりのヤマグチさんの身の上を、正確に言い当ててしまった。ミステリー作家志望ならば、これほど貴重な経験はない」

ちゃんと見ていたか、という感じに、周囲の黄色Tシャツの顔を見回す。

すると、佐藤の後ろから一人の女がつかつかと歩み寄ってきた。前回、出版社への連絡を申しつけられていた、勝ち気そうな眉をした三十代半ばぐらいの黒髪の女だ。

「いったいどういうことですか。忙しいので時間は作れないと、はっきりお断りしたはずですが」

鼻と鼻がぶつかりそうな勢いで、絵麻に顔を近づけてくる。

「私はただ、本を買いにきただけ」

ねえ、と背後を振り返り、西野がこくりと頷いた。

「なにが本を買いに来ただけ、よ。どうせSNSで訪問先を調べたんでしょう」

「まるでいけないことみたいに言ってるけど、SNSで予定を発信しているのはそっちじゃないの」

「あれは青南さんのファンのための情報なの」

「私もファンよ」

「どうして嘘だと言えるの。あなたは大好きな青南さんの作品の魅力を広めたいと思ってるんじゃないの。歓迎こそされど、怒鳴りつけられるいわれはない。それとも佐藤青南作品には、私を魅了する力がないとでも？」

女の歪んだ顔に『怒り』と『屈辱』が表れる。

ふたたび佐藤に話を聞く機会を作って欲しいと天啓出版の森下に申し込んだところ、先方から断られたという返事があった。ところが、佐藤のプロモーションについてはSNSで随時発信されている。今日はちょうど東京の書店をまわるという発信がなされていたため、訪問予定として発表されていたこの書店にやってきたのだった。

「とにかく青南さんは忙しいの。帰って」

女を無視して、肩越しに佐藤に呼びかける。

「歩きながらでかまいませんので、お話をうかがえませんか」

「なにいってるの。帰りなさい」

「あなたにいってない。私は佐藤先生に話してるの」

「青南さんは忙しいの」

「だから歩きながらでかまわないってば」

「駄目に決まってるじゃないの」

「嘘おっしゃい！」

「あなたに訊いてない……それとも後ろめたいことがあるのは佐藤先生じゃなくて、あなたじゃないの」

意外にも女に『恐怖』と『驚き』の微細表情が表れた。

この女、なにか隠してる――？

女が我に返ったようにつっかかってくる。

「意味がわからない。私はただ、これ以上青南さんの邪魔をしないで――」

佐藤が声をかぶせた。

「僕はかまわないよ。ヒロセさん」

この女の名前はヒロセというらしい。

「でも……」ヒロセが不本意そうに佐藤を振り返る。

「できる限り、捜査に協力するといったのは僕だ。駐車場までの移動時間だけになるけど、それでいいですか。車中は僕にとって貴重な睡眠時間なので、車にまでお招きすることはできませんが」

「ありがとうございます」

勝ち誇った笑みを向けると、ヒロセに睨みつけられた。

ヒロセが先頭を歩き、絵麻と佐藤が並んで歩く後ろを、西野がついてくる。そのさらに後ろには、大名行列が続いていた。

「今日はいったい、どんな用件ですか」

佐藤がちらりとこちらを見る。

「先月五日から六日にかけての行動を教えていただけますか」

「先月の五日から六日？　なにかあったんですか」

「調べている事件があります」

「先月の五日から六日、ねえ……いきなりいわれても思い出せない」

佐藤が髪の毛をかく。

すると前から声が飛んできた。

「先月五日は午前十時から午後七時まで、サロンメンバー向けのセミナーと交流イベントでした。六日は大阪での同様のイベントのために、朝七時に東京駅から出発しています。東京に戻ってきたのは午後十一時過ぎでした」

ヒロセは左手に持ったタブレット端末の画面を、右手人差し指でスワイプする。

「六日大阪ということは、五日は東京にいらしたんですか」

「思い出した。たしか五反田だったね」

佐藤に確認され、ヒロセが頷く。

「そうです。五反田のイベントホールを貸し切りにして行ったものでした」

「本当にお忙しいんですね。いつ執筆していらっしゃるんですか」

「こういったスキマ時間です」

そういって佐藤は、懐からスマートフォンを取り出した。メモ帳アプリを開き、集音部分に語りかける。

「みどりと並んで歩く男は、非常に洗練された雰囲気を身にまとっていた。悔しいが画になる二人だと、吉岡は思う」

話し終えると、液晶画面を絵麻に見せた。ボイスレコーダーだと思ったら、音声による文字入力を行っていたらしい。いま佐藤の話した内容が、画面に文字起こしされている。

「そういうふうに書かれるんですね」

口に手をあてておおげさに驚いてみせた。が、佐藤はいまいち不服そうだ。

「小説なんていつでも書けるし、本当は誰にでも書けるんです。書けない人は、ようするに自分に甘いだけなんです」

後ろからぞろぞろとついてきていた集団が、先頭集団から離れていく。ヒロセ、絵麻、佐藤、西野に黄色Tシャツの女四人を加えた八人だけとなった。

「あの人たちは？」

西野が枝分かれした集団を目で追う。

「彼らはエスカレーターです。全員がエレベーターに乗るとなると、移動に時間がかかってしまいますから」

　ということは、いまいるメンバーが幹部なのだろうか。

　ヒロセがエレベーターの下降ボタンを押す。この六階まで箱が到着するのには、少し時間がかかりそうだ。

「で、五日から六日にかけて、なにかあったんですか」

「心当たりはありませんか」

「なにかあったかな」と佐藤がほかのメンバーのほうを向く。話を振られた女性のメンバーが、思い思いにかぶりを振った。

「謎山解さん、というミステリー作家をご存じですか」

「もちろん存じ上げています。先月亡くなられましたよね」

　あっ、と気づいたようだ。

「先月の五日から六日というのは」

「そうです。謎山解さんがお亡くなりになった日です」

　そのとき、ヒロセが弾かれたように振り向いた。

　その瞳には明らかな『憎悪』が宿っている。

「そのお話は、今回の事件に関係があるのですか」

「まだいえません」

「あの方は、事故死だとうかがっていますが」

懸命に感情を抑えようとしているのがよくわかる、うわずった声だった。

「そう処理されています」

「違うの」

「なんとも申し上げられません。それともあなた、なにか知ってるの」

「そんなわけないじゃない」

取り乱したような口調は一聴すると怪しいが、絵麻から視線を逸らしていない。なにも知らないようだ。

絵麻は佐藤を見た。

「五日、午後七時に五反田でのイベントを終えた後の行動を、詳しく教えていただけますか」

「五反田のイタリアンで食事を済ませ、代官山の自宅マンションに帰ったのが九時ごろ」

タブレット端末を見ながらのヒロセの話を、「あなたに訊いていない」と遮った。

顔に明白な『怒り』を浮かべた女を視界から外し、佐藤に訊いた。

「どうなんですか」

「彼女がそういうなら、そうだと思います。さすがに三週間以上も前のこととなると、詳細までは覚えていない。でもヒロセさんなら、逐一僕の行動を記録して管理してくれているので、間違いありません」

「お二人の関係は……」

探るような上目遣いをすると、佐藤は笑って手を振った。

「もしかして誤解しましたか。そんな関係ではありません。あくまでビジネスパートナーです」

「そうなんですか。彼女の言動を見ていると、とてもそうは思えなかったもので」

意地悪な横目を向けると、ヒロセの眉が吊り上がる。あはは、と屈託なく笑う佐藤を見る限り、ヒロセの想いは一方通行のようだ。

「では五日に帰宅されてからは、ご自宅に一人だった」

佐藤は口もとを手で覆い、しばらく黙っていた。

やがてちらっと黒目だけをこちらに向ける。

「答えなきゃいけませんか」

「できれば」

「僕は独身主義です。結婚願望はない。でもこんなふうに疑われるのなら、誰かと一緒に暮らしておくべきだったかもしれない」

ふふっと肩を揺すった。

「答えをはぐらかそうとなさってますね」

「あなた、いくらなんでも失礼じゃないの」

ヒロセが突っかかってくる。

「かまわない。ヒロセさん」

「でも……」

「楯岡さんはこれが仕事なんだ」そこまでいってから、絵麻を見た。

「もしかして謎山さんは、事故死ではないのですか」

「お答えできません」

「それなら僕も答えたくない。僕は警察にできる限りの協力をするといった。なのにそちらは、いっさい情報提供なしだなんて、あまりに不公平ではないですか」

佐藤が試すように視線を流してくる。

「他殺の可能性を疑っています」

絵麻の言葉に、あっ、と西野が声を上げる。

佐藤は満足そうに微笑んだ。

「僕が殺したといいたいのですか」

「謎山さんが、SNSであなたの商法に批判的な投稿をして、炎上した騒動はご存じですよね」

「ええ。知っています」

「そのことについて、どう思われましたか」

「三年前のことです。いまさらどうとも思いません」

なだめ行動なし。

「当時はどう思われましたか」

「とくには。前例がないという理由で、新しいこころみを否定する人はどこにでもいます。そんなことで怒りはしません」

これにもなだめ行動なし。どういうことだ。

「しかしあなたは、ＳＮＳであなたにたいして批判的な投稿をしていたアンチのアカウント名を、メルマガで晒《さら》していました」

「いい加減にしてください」

ヒロセが割って入ってくる。

そのとき、エレベーターの到着を告げるベルが鳴った。

佐藤に続いて箱に乗り込もうとすると、両手を広げたヒロセに阻まれた。絵麻たちの横をすり抜けたほかのメンバーが、そそくさと箱に乗り込む。

「駐車場までは話を聞かせてくれるという話だったのに」

「そんな無礼な振る舞いをして、よくそんな図々しいことがいえたものね。もう帰って。二度と来ないで」

左右から閉まるエレベーターの扉が、ヒロセの『憤怒』の表情を隠した。

4

「佐藤は傀儡《かいらい》だっていうのか」

顎を触りながら眉根を寄せる筒井に、絵麻は頷いた。

「そこまではいいませんが、『佐藤青南』という偶像を作り上げているのは、佐藤一人ではないと思います。SNSやメルマガについて、話題を振ったときの反応が鈍いんです。それほど関心を持っていないように見えました。いっぽうで、メルマガの話題にたいするヒロセの激しい反応。メルマガを更新しているのは、実際にはあの女ではないかと」

ということは、アンチを攻撃させていたのも、ヒロセの意思。

「それなら、インタビュー動画で見せたという佐藤のなだめ行動はなんだったんですか。人を殺したんですよね」

綿貫は怪訝そうに眼鏡の奥の目を細めた。

「それは間違いない。謎山が死んだ五日の夜のアリバイについても、話題を逸らそうとしていた点は怪しい。けれど、三年前のＳＮＳでの炎上については、佐藤は謎山を恨んでいない。というか、そもそも謎山にたいして悪感情がない」

　個人的な恨みがないのなら、殺害の動機も見つからない。謎山の口座には一千万円以上が手つかずで残されていたというし、そもそも経済的には佐藤のほうが圧倒的な成功を収めている。金目当てということもなさそうだ。

　絵麻たちは警視庁本部庁舎の刑事部屋に戻っていた。絵麻と西野のデスクのそばに、筒井と綿貫が立っている。

「佐藤が謎山ではなく、まったく別の人物を殺していた、という可能性は」

　西野がいう。

「先月五日の夜のアリバイについては、はっきりと言及を避けていた。自宅を出ていないと明言することで、マイクロジェスチャーが出るのを恐れたんだと思う」

「えっ。マイクロジェスチャーって、だって……」

　混乱した様子の西野に、絵麻はいった。

「おそらく、佐藤にもキネシクスの覚えがある」

「なに？」「なんですって？」

　筒井と綿貫の声が重なった。

　キネシクスとは、わずかな表情の変化から相手の心理を読み取る技術のことだ。佐藤からは、何度か演技を見透かされたと感じた瞬間があった。おそらく絵麻と同じように、微細表情やマイクロジェスチャーを読み取ることができる。自分ができるからこそ、佐藤は絵麻もキネシクスの使い手だと気づいた。

なにかあったかな、とほかのメンバーに訊ねるふりをしながら顔を背けたのは微細表情を読み取られないためだろうし、独身主義云々の発言については、明らかに不自然な話題の逸らし方だった。いくら訓練したとしても、マイクロジェスチャーを制御するのは難しい。嘘を見破られると知っていたからこその、とっさの判断だったのだろう。

「おいおい、敵もまじないの使い手ってことか。厄介だな」

筒井が苦々しげに頬をかく。

「キネシクスの覚えがあるからといって、マイクロジェスチャーや微細表情が抑えられるわけではないので、一対一の取り調べまで持ち込めればなんとかなります」

「現状だと、そこまで持ち込むのも至難の業って感じですけどね」

綿貫はへへっと苦し紛れの笑いを漏らした。

「とにかく佐藤には、謎山が死んだ先月五日の夜のアリバイがない。そしてアリバイを訊ねる質問にはっきり答えず、はぐらかそうとした」

絵麻がいい、西野が付け加える。

「けど三年前にSNSで批判されたことを恨んではいない。つまり動機がない」

「動機がないんじゃ、佐藤が謎山を殺したと考えるのは苦しくないですか」

　そういう綿貫に、絵麻は訊いた。

「謎山のノートパソコンの解析は？」

「済みました。とくに不審な点はありませんでした。メールは稿栄社の担当編集者とのやりとりがほとんどでしたし、SNSの外部からは見られないメッセージ機能などで、脅迫や嫌がらせを受けた事実もありません。最後のメールは死の直前と思われる先月五日の午後十時二十二分。プロモーションのために書店宛のサイン色紙を作って欲しいという担当編集者からのメールに、承諾する旨を返信したものです」

「午後十時二十二分までは生きていた？」

　綿貫を見ると、「そういうことになります」と頷きが返ってきた。

「こりゃ、謎山はたんなる事故死じゃないですかね」

　西野が腕組みをして首をひねる。

「あれだけ物が多い部屋だから、外部からの侵入者があれば多少は散らかっていたりするものだろうからな」

　綿貫も同調した。

「物というよりは本だな。廊下にぎっしり積み上げられていた。もしも部屋で争った末に殺害し、事故死に見せかけるために遺体を湯に浸からせたなどの工作をしたのなら、おそらくあの本の山は崩れている。だが埃の積もり具合を見る限り、本の山が崩れた形跡はなかった」と筒井。

「埃といえば、ノートパソコンが置いてあった場所の下にも埃が積もっていたそうですね」

絵麻は筒井のほうに顔を向けた。

「ああ。謎山の息子によれば、父親には外で執筆する習慣はなかった」

「それなのに、ノートパソコンが持ち出された形跡があった？」

「外に持ち出したのではなく、寝室のベッドの上なんかで書いていたのかもしれないがな。少なくとも、デスクに置きっぱなしで使っていた感じではなかった」

「ACアダプターも結局見つかりませんでしたしね」

綿貫が頷く。

「あと、文芸誌のこともいってませんでした？」

西野が記憶を辿る口調でいった。

「あれな、取り引きのある出版社から勝手に送りつけられるものらしいが、ちょっと引っかかりはする」

「最近のバックナンバーがないんでしたっけ」

絵麻も奇妙だと思った。

文芸誌のバックナンバーは、部屋の扉の横に積まれたものが最新号で、奥に進むほど発行が古くなっていたという。ところが外に積まれた最新の文芸誌が、二年半前の八月号。それ以降に発行された文芸誌は見当たらなかったと、息子はいっているらしい。

「息子さんは、奥のほうから積んでいって、ついに外にあふれてしまった。だからそれ以降に届いたものは捨てるようにしたんじゃないかといってました」

綿貫の説明は、前回報告を受けたときと同じだ。

「なんか不自然ですよね。届いたものをマメに捨てられる人なら、そもそも廊下に本が積み上がったりしていないだろうし」

「だよな。部屋の様子を見る限り、謎山は物を捨てられないタイプの人間だ。もっとも、本好きってていうのはそもそもそういう性分らしいが」

西野と筒井が頷き合う。

「二年半前といえば、たしか謎山が連載に向けて準備していた時期じゃないかしら」

絵麻の言葉に反応して、綿貫が手帳を取り出した。

「そうです。謎山が稿栄社で連載したいと電話をかけたのが三年前、それから一年の準備期間を経て、二年前の『小説稿栄』五月号から連載がスタートしています。だから二年半前は、連載の準備期間中です」

「つまり、謎山宅には『空中迷宮殺人事件』の連載されている『小説稿栄』が一冊もない。ちょっとおかしくないですか。作家って、自分の原稿が載った本をとっておいたりは、しないものなんですかね」

西野が同意を求めるように全員の顔を見回す。

「西野のいう通りだ。捨てるにしても、まずは自分の原稿が載っていない古い号から捨てていくだろうに」

筒井は唇を曲げた。

「わかりませんよ。謎山は相当なへそ曲がりだったみたいですし」

綿貫の指摘を受けて「それもそうだ」と筒井が肩をすくめる。

「それにしても、二年半前からの文芸誌のバックナンバーがないというのは、気になります」

絵麻はいった。

とはいえ、なんの意味があるのか見当もつかない。

「どう動く」

筒井が渋い顔で訊ねてくる。

「かりにメルマガがヒロセという女の手によるものだとすれば、オンラインサロンは一枚岩ではありません。メルマガでのアンチへの言及は、佐藤の意思ではなく、メルマガを任されたメンバー――つまりヒロセの心情を反映したものだった。佐藤にはSNSで批判してくるアンチにそれほど関心がなかった」

「飲み会なんかでも、佐藤はアンチについて強い言葉で非難したりはしなかったみたいですしね。あれは慎重に言葉を選んでいるわけではなく、そもそも興味が薄かったわけだ」

西野がうんうんと頷く。

「ヒロセは佐藤の名前で熱心にエゴサーチを繰り返し、アンチの存在をあぶり出していた。そしてそのアカウントをメルマガなどで晒し、メンバーに攻撃させせようとした。もちろん佐藤にも告げ口したけれど、佐藤はそれほど関心を示さなかった」

「その推理だと、佐藤にたいして好意的すぎませんか。佐藤は後輩の作家に嫌がらせをするような男なんです」

綿貫の指摘ももっともだ。

だが絵麻の解釈はこうだ。

「佐藤が善人だといいたいわけじゃない。ただ、興味の対象が違う。SNSでの批判は、一人に複数冊購入させることで実際よりも人気があるように見せかけるような、商法にたいするものがほとんどだった。でも佐藤がこだわっているのはそこじゃない」

西野がはっとなにかに思い当たった顔をする。

「作品への評価、だ」

「そう。佐藤が一貫して欲しているのは、実は人気ではなくて業界の評価。熱心に書店をまわって自分の本をプロモーションするのも、評価を欲しているから。売上の先に評価があると考えている。佐藤はオンラインサロンという限定的な空間で持ち上げられるより、専門家から評価されたいと願っている。勲章が欲しいのよ。とにかく作品を認められたい、賞が欲しい。だからライバルとなりえる作家仲間は蹴落とすけど、マルチまがいの商法を批判されても怒りが湧かない」

「つまり佐藤が自分の人気面にそれほど執着していないのを、ヒロセという女が利用しているってわけだな。それがメルマガでアンチの名を挙げ、佐藤の信奉者に攻撃させる行為か」

筒井は興味深そうに腕組みをした。

「利用しているというより、ヒロセにとってオンラインサロンこそが自分自身なのかもしれません。佐藤というより、佐藤のオンラインサロンを『同一視』している。だからアンチの存在が許せない。それが、メルマガでアンチの名前を挙げて攻撃させる行動につながる。もしもそうだとすれば、オンラインサロンの幹部の中にはヒロセをよく思わない人間もいます。メルマガでアンチの名を挙げるのは佐藤ではなく、ヒロセの意思なわけですから。末端の会員はそのことを知らなくても、幹部は気づいているでしょう」

「なるほど。そこをつつけばボロが出るかもしれない。だが誰がヒロセに反感を抱いているかなんか、わかるのか」

「それは簡単です」

　絵麻の言葉に、男たちが互いの顔を見合った。

5

　雑居ビルの薄暗い階段をのぼり、サッシの扉を開けると、三畳ほどの空間があった。左手の壁際のベンチに座っていたサラリーマンふうのスーツの男が、こちらを見てぎょっとして目を見開く。だがその視線はすぐに逸れた。スーツの男は自分の顔を隠そうとするように、深くうつむいた。

　筒井と綿貫はその男の前を通過し、正面のカウンターに向かった。

　そこには禿《は》げ上がった頭の、六十歳前後の男が立っていた。白いシャツに黒いベストを身につけて身なりこそ整えているものの、背後の部屋が雑然としているので、服装が奇妙に浮き上がって見える。

男はカウンターに両手をつき、眉をひそめて二人の刑事を見つめていた。無理もない反応かもしれない。なにしろここはファッションヘルスと呼ばれる性風俗店だ。男二人が連れ立って、しかもいかめしい顔つきをしながら訪ねてくる場所ではない。

綿貫が提示した警察手帳を見て、男はやっぱりなという顔をした。だが次の瞬間には、ご機嫌うかがいの貼りついたような笑顔を浮かべる。

「ご苦労さまです。なんの御用でしょう」

「話を聞かせてもらいたい女性がいるんですけど、これ、見てもいいですか」

「もちろん、かまいません。どうぞどうぞ」

綿貫がカウンターに置かれたアルバムを開く。

下着姿の女の写真が現れた。女の源氏名とスリーサイズ、可能なプレイなども書かれている。客はこのアルバムを見て、どの女を指名するのか決めるようだ。ホームページでは顔にボカシが入っていたが、店頭のアルバムでは、修正なしの写真を見られるらしい。

「ふーん、こんなかわいい子が働いているのか」

「いいでしょ。うちのナンバーワンのみるくちゃん。いまならちょうど空いてます」

綿貫が一瞬、固まった。

ごほん、という筒井の咳払いを聞いて、弾かれたように動き出す。

「なにをいう。おれは仕事で来てるんだぞ」

「すみません」

綿貫に叱責された頭の禿げた男は、納得いかなそうな顔をしていた。

この子じゃない、この子でもない、とページをめくっていた綿貫の動きが、ふたたび止まる。

「この子ですかね」

開いたページを見せてくる。

写真の女は下着姿で片手を腰にあて、挑発するような眼差しでこちらを見つめている。記憶に残る潑剌《はつらつ》とした表情とはまったく印象が異なるものの、顔立ちは同じだ。

「そうだな」

「イチゴちゃんですね。わかりました」

その後店を出て外で待っていると、階段から若い女がおりてきた。ショートボブの毛先を内巻きにして、膝丈のコートから生脚をさらしている。ここ三日ほど行動確認で張りついていたせいか、まるで親戚の女の子にでも会ったような錯覚を、筒井は覚えた。

やれやれ、あの詐欺師みたいな小説家に貢ぐために、こんなところで働くとはな。

目の前の女と自分の娘を重ね、ため息を漏らす。

「話ってなんでしょう」

女は怯《おび》えたような上目遣いで、おそるおそる歩み寄ってきた。

筒井たちは警察手帳を提示した。

「原恵里奈さんですね」

「そう、です」

彼女は佐藤のオンラインサロンのメンバーで、動画チャンネルのインタビュー動画でも佐藤へのインタビュアーとしてたびたび登場していた女性だった。

神奈川県川崎市。ＪＲ川崎駅から徒歩十分ほどの場所に、原恵里奈が働く性風俗店はあった。風俗店の集中する繁華街だが、まだ日の高い時間とあって人通りはまばらだ。

「立ち話もなんですから、まずは落ち着いて話ができる場所に移動しませんか」

筒井の提案に、気乗りしなさそうな顔を見せた原だったが、抵抗したところで意味がないと考えたのだろう。「わかりました」と頷いた。

川崎駅のほうに歩く二人を、原が不安そうに追いかけてくる。

「あの、このこと、サロンメンバーには……」

「安心してください。秘密は守ります」

綿貫は穏やかに告げたが、彼女の顔から不安の色が消えることはなかった。

駅の近くのアーケード街にある古びた喫茶店に入り、奥の壁際のテーブルに向き合って座る。水を持ってきた店員に、綿貫が「コーヒー三つ」と指を三本立てた。

「コーヒーで大丈夫でした？」

そんなことより、刑事たちの目的が気になるようだ。

「どうして私に？」

落ち着かない様子で視線があちこちに泳いでいる。

楯岡によれば、オンラインサロンの中心メンバーの中で、ヒロセにたいしてもっとも大きな『嫌悪』を示していたのが、彼女だったらしい。原はオンラインサロンの動画チャンネルにもたびたび登場するほか、神保町と二子玉川の書店訪問にも同行していた。

――佐藤がオンラインサロンの、おそらく幹部と思われる五人の女と一緒にエレベーターに乗り込んだ際、『嫌悪』の微細表情が表れたのをはっきり確認しました。エレベーターで接近することすらしたくない。ヒロセを自分のパーソナルスペースに入れたくない。そういった印象を受けました。

楯岡の弁だ。

「ヒロセさんについて、うかがいたいと思いまして」

「ヒロセさん？」

その名前を聞いただけで、筒井でもわかるほど表情が曇った。楯岡の見立て通りらしい。

だとすれば話は早い。単刀直入に切り出した。

「佐藤先生は、メルマガの文章をご自身で書いていないのではありませんか」

原の息を吸う気配があった。

「情報源は漏れないようにします。もちろん、お仕事のことについても」

やや性急すぎたかもしれない。目を伏せる女の反応を見ながら、筒井は内心で舌打ちをした。

だがきっと大丈夫だ。楯岡にいわれた言葉を反芻《はんすう》する。

――アメリカの心理学者、フリッツ・ハイダーの提唱するバランス理論によれば、人間は三者以上の存在がある場合に、その三者間で認知関係のバランスを保とうとする、とされています。

最初はなにをいわんとしているのか、意味がわからなかった。

楯岡は詳しく解説した。

――原、ヒロセ、警察を三者とするならば、まず原がヒロセを激しく嫌悪しているという事実があります。そして同時に、警察はヒロセに疑いを向けているという事実がある。原と警察は両者ともに、ヒロセにマイナスの感情を向けているわけです。このように同じ対象にたいして同じ感情を抱いている相手を嫌うことは、認知的不均衡となります。原が警察を嫌うのは難しい。原が不均衡を解消するためには、ヒロセへの認知をあらためる——つまり、ヒロセを好きになるしかありません。これがバランス理論。

小難しい理屈をこねていたが、ようするに、敵の敵は味方ということらしい。原のヒロセにたいする嫌悪が大きければ大きいほど、警察に敵意を抱くのが難しくなるという。

「私が話したということは、ぜったいに……」

安堵で指先まで血流が戻る感覚があった。

「わかっています。ぜったいに誰にもいいません」

原はなおも自分の中で葛藤しているようだったが、ここまでくれば答えはすでに出ている。筒井は急《せ》かすこともせず、じっと気持ちの整理がつくのを待った。

やがて三人ぶんのコーヒーカップがテーブルに並び終わったころ、原が口を開いた。

「おっしゃる通りです。メルマガはヒロセさんが文面を考えています」

隣で綿貫がごくりと唾を飲み込む。

「彼女はいったい、何者なんですか」

筒井は訊いた。

「詳しくは知りませんが、もともとはイベント関連の会社につとめていたと聞いています。そんなに特殊な仕事でもなかったはずです。ただ、出会ったときにはなにか仕事をしていたわけではなく、専業主婦でした。最初はあんな感じでもなかったし」

「ヒロセさんと最初に出会ったのは、いつですか」

「六年ほど前です。まだ青南さんがオンラインサロンを起ち上げる前で、カルチャーセンターから独立してすぐのころでした」

原曰く、ヒロセのフルネームは広瀬真沙代《ひろせまさよ》。佐藤の小説講座の受講生で、主婦業のかたわら小説を書き、新人賞に応募するなどして小説家を目指していた。小説講座には新人賞の最終選考に残るなど実績のある受講生もいたため、一次選考すら通過したことのなかった広瀬は、まったく目立たない存在だったという。

そんな広瀬が急激に存在感を発揮し始めたのは、佐藤が小説講座をオンラインサロンに移行させようとする時期だった。どうやら佐藤にオンラインサロン起ち上げを提案したのが、広瀬だったらしい。受講生が小説家志望者に限られる小説講座では、組織の成長は望めない。オンラインサロンにして、小説家になる方法ではなく、小説家として成功する過程を通じてビジネスを学ぶという体裁にすれば、顧客の幅が大きく広がる。それまでの月額一万五千円という受講料を三千円に引き下げるよう提案したのも、広瀬だったようだ。

一万五千円も取られると、本気で小説家になりたい人しか受講しないし、しばらく続けてみて結果が出なければ辞めてしまう。三千円なら受講のハードルはぐっと下がるし、興味が薄れても幽霊会員として解約をしないまま会費を払い続けてしまうのも期待できる。

「オンラインサロンの枠組みを作ったのが、広瀬さんだということですか」

「そうです。とにかく組織を大きくしよう、お金を儲けよう、という姿勢には違和感を抱いていましたが、彼女の提案に青南さんもかなり乗り気だったので、ほかのメンバーが口を挟める雰囲気じゃありませんでした」

その後、オンラインサロンは急成長をはたし、広瀬も離婚して佐藤のマネジメントに専念するようになる。佐藤はすっかり広瀬を信頼し、実務的な部分のほとんどを彼女に任せるようになった。メルマガの運営もその一環だ。メルマガは佐藤の言いたいことを広瀬が文章にまとめている体裁になっているが、実際には事後承諾に近いらしい。そして楯岡のいう通り、広瀬からアンチの存在を告げ口されても、佐藤はそれほど関心を示さなかったようだ。

「彼女は青南さんのカリスマ性を利用して、自己実現を果たそうとしているように見えました」

原はそう語った。

佐藤には人を惹きつける話術やカリスマ性が、広瀬には金儲けの天才的な才能があった。真面目に小説を学びたいという受講生は佐藤から離れていったが、それ以上に努力をせずに成功したいという、小説家という肩書きを欲するだけの小説家志望の会員が増えていった。広瀬の目論見がずばりと当たったのだ。

「一つ、疑問なのですが」と綿貫が手を上げた。

「失礼ですが、原さんはなぜいまのお仕事をなさっているんですか。佐藤先生の著作のプロモーションのお手伝いもされているようですし、オンラインサロンの運営にも、かかわっていらっしゃるんですよね」

「サロンの活動で収入はありません。あの活動で収入をえているのは、青南さんと広瀬さんだけです」

「しかし、佐藤先生と広瀬さんだけでは、あれだけの活動はできないと思うのですが」

「もちろんです。ですから、お手伝いの権利を購入しています」

原のいっている意味がわからない。筒井と綿貫は互いの顔を見合わせた。

「お金をもらうのではなく、逆に払って、手伝っているのですか」

驚きのあまり、訊き返す声がうわずった。

「そうです。いろんな活動を通じてリアルな出版業界に触れることができる。いわばインターンシップである。そういった建前になっています。考えてみれば、おかしな話ですよね」

　原は自嘲するように笑みを漏らした。

「おかしいと思っていながら、なぜ続けているんですか」

　やや踏み込みすぎたかと思ったが、だいぶ心を許してくれたらしい。原はすんなりと答えてくれた。

「最近は、自分でもよくわからなくなっています。小説家になりたかったはずなのに、どうして私は人のことを応援しているんだろう。どうして同じ本を何冊も購入して、どうしてお金を払って奉仕しているんだろう。どうしてそのお金を稼ぐために、風俗で働くようになってしまったのだろう……って」

　うなだれた原が鼻をすすり、筒井は内心で顔をしかめた。

　案の定、泣き出してしまう。

　どうにかしろ、と目で合図を送ると、綿貫は懐からハンカチを取り出した。

「これ、よかったらどうぞ」

「ありがとうございます」

　原がハンカチを目に押し当てる。しばらくして顔から離したハンカチは、マスカラで黒く汚れていた。

「何度もやめようと思ったんです。でも、ここまで続けてきたのにやめたら、いままでやってきたことがぜんぶ無駄になると思うと怖くなって、ズルズルと続けてしまいました」

こういった心理ならば、筒井でも解説できる。コンコルド効果だ。せっかくここまで続けたのだから。もう少し続けたら良い結果が出るかも知れない。投資を回収するまではやめられない。そう考えてやめどきを失い、人は泥沼に嵌まっていく。

「お節介なことをいいますけど、もうやめたほうがいいと思いますよ、お仕事も……」

オンラインサロンも、と、綿貫は続けたかったのだろう。

「わかっています。今日、刑事さんたちとお話しして、気持ちの整理がついた気がします。古株のメンバーだからというだけで持ち上げられて、新参さんたちに優越感を覚えて、嬉しかったんです。あの狭い世界の出来事でしかないのは頭でわかっていても、でもいざあの世界から一歩外に出たら私は何者でもなくて、お金も仕事もなにもかも失っていて、そんな現実を突きつけられるのが、怖かった」

かける言葉もない。

筒井はコーヒーカップの中身を啜って気を紛らせる。

原もコーヒーカップを持ち上げ、ぐいっと呷《あお》った。ソーサーにカップを戻した後は、やけにさっぱりとした声になっていた。

「やっぱりおかしいですよね。青南さんには感謝しているし、今後も応援しますけど、オンラインサロンのやり方には賛同できない。青南さんだけならともかく、広瀬さんのことも儲けさせているわけだし。小説を書くのも、最近は辛くなってきて……いくら商業ベースに乗るとはいえ、自分の名前が出ないんじゃ意味がないっていうか。やっぱり私は人のためよりも、自分のために書きたいなって」

うんうんと頷きながら話を聞いていた筒井だったが、はっと我に返って顔を上げた。

「ちょっと待ってください。いったい、なんの話をされているんですか」

綿貫もきょとんとした顔をしている。

「小説の話です。最近の青南さんの作品は、青南さんの原案でサロンメンバーが書いています。『商業出版作品を執筆できる権利』というのを、サロンメンバー限定で売り出しているんです」

「つまり佐藤先生は、自分で書いていないということですか」

綿貫の質問に、原はあっさりと頷いた。

「はい。私もこれまでに五冊、書かせていただきました」

衝撃の告白に、筒井の頭は真っ白になった。

からんからん、と出入り口のドアベルが軽やかな音を鳴らした。

6

「マジですか？」

大声を上げた西野が、自分の口を手で塞ぐ。

その後は声を落としてしばらく通話し、電話を切った。

「なんだって？」

絵麻は西野を振り仰いだ。

うろうろと歩き回っていた西野が、絵麻の隣の席に腰をおろす。

「最近の佐藤の作品は、オンラインサロンの会員が書いていたものらしいです。『商業出版作品を執筆できる権利』というのを、サロン内で二十万円で売り出していたとか」

「そう」

「そう、って、驚かないんですか」

「ここのところの刊行のハイペースっぷりと、作品のクオリティのばらつき加減を考えれば、そんなところだろうと思った」

「そっか。楯岡さん、ゴーストライターがいるんじゃないかって、最初から疑っていましたね」

「パクリについても、書きあぐねたアマチュア作家がプロの原稿を引用した結果ね。元ネタを上手く消化できずに、ほとんど盗用に近いものになった。盗用元がプロの作品であっても、さまざまな作家や作品を継《つ》ぎ接《は》ぎしたパッチワークにプロのクオリティーは望めない」

そのとき、扉が開いて五十がらみの男が入ってきた。男はソフトモヒカン気味の短髪で、ロックTシャツにダメージジーンズというラフな格好をしている。

須磨昌英。稿栄社文芸出版部の部長で、佐藤のデビュー時の担当編集者だった男だ。

絵麻たちは稿栄社の応接室にいた。

「お待たせしました。宅配便の伝票でしたね」

すでに名刺交換を済ませ、須磨は絵麻の要求したものを取りに部屋を出ていたのだった。

「お手数おかけします」

「いえ。お安い御用です」

須磨がファイルを差し出してくる。

「お借りします」

絵麻はデスクの上でファイルを開いた。宅配便の伝票が綴《と》じられている。

沈黙を埋めるように、西野が世間話を振る。

「『空中迷宮殺人事件』、すごく好評みたいですね」

「好評……そうですね。好調です」

「会社の外に十万部突破という垂れ幕が出ていました」

謎山の遺作となる新刊は、つい数日前に発売されたばかりだった。

「おかげさまで。謎山さんも、きっと天国で喜んでくださっているでしょう」

「十年ぶりの新刊ということで、待っている人も多かったんでしょうか」

「そうだと思います。初動も好調で、早くも五度目の重版の検討に入っています。会社としてもこれからもっともっと押していきたいと考えています。それが謎山さんへのせめてもの手向けになるかな」

それほど死を悼んでいないような軽い口調だった。

「あった」

絵麻はファイルから探していた伝票を見つけた。着払いの伝票で、送り主は藤岡満夫こと謎山解、届け先が稿栄社文芸出版部の担当編集者になっている。ゲラの返送に使われたものらしい。

「少しこちらの伝票をお借りしても？」

「かまいませんが……」

そんなものをどうするんだと、須磨の顔に書いてある。

「西野。お願い」

「了解です」

西野が手袋を嵌め、証拠袋を取り出して、ファイルから伝票を取り外しにかかる。

今度は絵麻が世間話を引き継いだ。

「謎山さんの遺作、評判はどうですか」

「どうですかね。ちらほらと書評なんかもいただき始めていますが」

内容に関心はないらしい。『謎山解十年ぶりの新作が遺作』という事実こそが重要だということか。清々しいまでの商魂だ。

「ちなみに佐藤青南さんですが」

「はい。あの人がどうかしました？」

初めて須磨の表情が歪んだ。『嫌悪』が表れる。

「一度疎遠になった後で、執筆依頼をされたそうですね」

「ええ。付け入る隙もまったくなく断られてしまいました。おかげで謎山さんの遺稿を手に入れることができたわけですけど」

「執筆依頼されるときに、作品を読まれましたか」

予想外の質問だったらしく、須磨が硬直する。

「どうしてそんなことを……？」

「興味本位です。佐藤さんは自分の作品が正当に評価されていないとお考えのようなので、須磨さんがオファーした理由をうかがってみたいと思いまして」

須磨は言葉を吟味するように目を細めた。

「作品を読んだ上でオファーしました」

「佐藤さんの作品を評価なさったということですか」

うーん、と須磨が言いにくそうにする。

「逆です。自分で書いてないと思いました」

証拠袋に宅配便の伝票を入れようとしていた西野が、はっと顔を上げる。

「編集者が読んだら、やはりわかるものですか」

絵麻は淡々とした口調だった。

「よほど鈍感な編集者でなければ、何冊か読んだらだいたいわかるんじゃないですか。いま、青南さんと取り引きしている版元編集も、薄々は勘づいていると思います。勘づいていて、心の中では軽蔑しているけど、安定して利益をもたらしてくれるから付き合っているんでしょう」

「ということは須磨さんも同じように考えて、執筆依頼をしたんですか。自分で書いていないのを知った上で、作品を評価はしないが、ある程度の売上を見込めるから」

「そうです」と即答した後で、いや、と須磨が首をひねる。

「もちろんそういう理由もありました。安定して売上を立ててくれる作家は貴重です。でも、もったいないとも、少し考えました」

「もったいない？」

「はい。オンラインサロンの運営が軌道に乗ってからの青南さんは、なにを書いても会員が買い支えてくれるようになりました。でも業界的には宗教だとかマルチまがいだとかの悪評が広まって、まともな小説好きからは敬遠されるようになりました。だから自分で書くことを放棄してしまったのかと、そう思いました。どうせなにを書いても、佐藤青南という名前のせいで評価されない。狭いコミュニティにしか届かない。そんなふうに考えて、創作意欲を失ってしまったのかと」

「それがもったいない？」

　須磨が唇を曲げ、少し考える。

「責任を感じた部分はあったんです。私と一緒に作った三作が、内容に相応《ふさわ》しい評価をえられなかった。竿木賞はさすがに無理筋でも、もう少しなんとかしてやれたかもしれない。あの三作の失敗が、彼に作品の力を信じられなくさせてしまったのかもしれない。そんなことを考えるんです。あの人はうちから切られた後でも、懸命に努力して復活しました。たしかに売れっ子の仲間入りをした。でもね、私から見たら、作家としては死んでる。いまあの人にすり寄る編集者に、あの人の作品を評価している人間はいない」

「でも、あなたは評価している？」

「どうかな。いまの彼はさすがに評価できません。だけど良い作家になれる可能性は、確実にあった人だと思う。もしかしたら私が一緒に仕事することで、なんとかできるかもしれない、という色気は、どこかにあったのかもしれないな」

よくない、たまにそうやって感傷的になっちゃうんですよ、と須磨が照れ臭そうに髪の毛をかく。これまでの発言に、不審なしぐさはなかった。

「終わりました」

西野が証拠袋に封をする。

「じゃあ、行きましょうか」

ありがとうございました、と椅子を引く。

会社の玄関口まで、須磨が見送りに出てきた。

軽く会釈をして立ち去ろうとしたところで、「楯岡さん」と須磨に呼び止められた。

「なんでしょう」

「もしも青南さんに会うことがあれば、またいつか、一緒に本を作りましょうと伝えてくれませんか。いますぐでなくてもいい。いつか」

「わかりました」

絵麻と西野は玄関の自動ドアをくぐり、外に出た。

「なんだかんだで、担当した作家のことは気にかけてしまうものなんですかね」

西野が稿栄社の社屋を振り返る。そこには〈『トリックマスター』謎山解衝撃の遺作『空中迷宮殺人事件』早くも十万部突破！〉という垂れ幕がはためいていた。

「さあね。人間関係なんて離れてしまえば記憶が美化されて良いところしか思い出せなくなるものだし、かりに本当に一緒に仕事をするようになったとしたら、早々に仲《なか》違《たが》いして終わるかもよ」

「相変わらず冷めてるなあ」

「冷めてるんじゃなくて、冷静なの」

大通りを駅に向かって歩いていると、西野のスマートフォンが振動した。懐から取り出して確認する。

「綿貫さんからメールです」

これ、とスマートフォンを差し出してくる。

液晶画面には、予想通りの内容が記載されていた。

「了解」と返却する。

「怖いですね」

「だからこうなるって話してたでしょう。いった通りじゃない」

「そうなんですけど」

「頼むわよ」

「はあい」

　そんな会話を交わした、まさしくその夜だった。

　警視庁本部庁舎を出た絵麻は桜田門《さくらだもん》駅から東京メトロに乗り、東銀座《ひがしぎんざ》で乗り換えて蔵前《くらまえ》駅で降りた。

　地上に出て国際通りを横断したあたりから、道も細く、ひと気も少なくなる。精華《せいか》通りを右に曲がり、蔵前小学校を左手に見ながら進む。

　こつ、こつ、と自分のパンプスの足音に、もう一つ、別の足音が重なった気がして、絵麻は立ち止まった。

　耳を澄ませてみる。足音は聞こえない。国際通りを往来する車両の走行音が聞こえるだけだ。

　気のせいか。

　ふうと肩を落として歩きだそうとしたそのとき、背後に足音が聞こえた。今度の足音は絵麻にペースを合わせていない。駆け足で近づいてくる。

　絵麻は振り向いた。爛々《らんらん》と輝く男の目と視線が重なった。

男は腹のあたりに両手で刃物を握っていた。

白髪の七三分けに眼鏡。

あいつだ。ヤマグチだ。神保町でも二子玉川でもやたらと突っかかってきた、佐藤青南オンラインサロンの会員の、あの男だ。

絵麻はとっさに飛び退《の》き、ヤマグチの突進を避けた。

勢い余ったヤマグチが、建物の壁にぶつかりそうになる。

だがすぐにくるりと振り向き、ふたたび刃物をかまえて突っ込んできた。

ところが次の瞬間、ヤマグチはうつぶせに倒れ込んでいた。ヤマグチの上には西野がのしかかっている。横から飛びついてきて、腕をとって組み伏せたようだ。

「離せ！　この野郎！」

ヤマグチは懸命に抵抗するが、柔道黒帯の大柄な刑事にはまったく歯が立たない。何度も腕を地面に叩きつけられ、ついには刃物を手放した。

駆け寄ってきた綿貫が刃物を回収する。

「怪我はないか」

最後に登場したのは筒井だった。

「おかげさまで」

筒井は絵麻の全身に視線を走らせ、無事なのを確認してからヤマグチの前にしゃがみ込んだ。

ヤマグチはまだときおり身体をバタつかせているが、だいぶ抵抗に疲れた様子だ。

「素人が刑事の尾行なんかしようとするから、こんなことになるんだぞ」

ここ数日、何者かに尾行されているのには気づいていたので、絵麻は自宅に帰らず、蔵前駅近くのドミトリーに宿泊するようにした。そして帰宅時には西野、筒井、綿貫に頼み、自分を尾行させていた。

「おまえ、佐藤青南オンラインサロンのメルマガを読んで、楯岡を狙ったな」

筒井に質問され、ヤマグチが顔を背ける。

今日、綿貫から西野に送られてきたメールがそれだった。原恵里奈から転送してもらったもので、『警視庁捜査一課の楯岡絵麻』を名指しで非難する内容だった。

「なんだその態度は」

ヤマグチの腕をひねり上げようとする西野を、筒井は手で制した。

「まあいい。どのみちこいつはしばらく娑婆《しゃば》に出られない。仲間が誰一人いない状況で、どこまでその強気な態度を貫けるかな」

ヤマグチの顔に明らかな『恐怖』が表れる。

「ともかく、これで佐藤を任意同行するにはじゅうぶんな材料が揃いましたね。やつのオンラインサロンから殺人犯が一人と、殺人未遂犯が一人出た」

綿貫が刃物を証拠袋にしまいながらいう。

筒井が膝に手を置き、立ち上がった。そして絵麻を見る。

「楯岡、おまえ、負けるんじゃないぞ」

絵麻は筒井の視線を受け止め、髪の毛をかき上げる。

「私を誰だと思ってるんですか」

そして唇の片端を吊り上げた。

第四章

いっきに伏線を回収しろ

1

絵麻が取調室の扉を開けると、デスクの向こうで佐藤が顔を上げた。

相変わらず隙のないコーディネートだ。高級ブランドのジャケット、シャツ、パンツは色のバランス、サイズ感まで完璧で、十人並みの容姿をワンランクもツーランクも上に見せることに成功している。

「こんにちは。今日はご足労いただいてすみません」

「いえ。できる限りの協力はすると申し上げましたので。ただ、できればそちらがご足労いただくかたちにして欲しかったかな。僕の時間は安くない」

佐藤はそういうものの、両肩は落ちているし、脚も軽く開いてリラックスした体勢だ。両手はデスクの下で重ねているようだ。表情からも不自然な気負いは感じない。自分に疑いの目が向けられているとは、考えてもいないのだろう。

「今日はなにかご予定が？」

絵麻は椅子を引きながら訊ねた。背後で西野がノートパソコンに向かう。

「予定がない日なんてありません。執筆の合間に、打ち合わせが二本入っています。どちらの打ち合わせも午後からだから、間に合うかな」

それは無理だ。

ふふっ、と笑って誤魔化したつもりだったが、

「難しいようですね。あとでキャンセルの連絡だけ、入れさせてもらえますか」

顔をしかめられた。

そういえば相手もキネシクスの使い手だった。

絵麻は気を引き締め直した。

「今日、ご足労いただいたのは、ほかでもありません。昨晩、あなたのオンラインサロンの会員である山口義富《やまぐちよしとみ》を殺人未遂容疑で逮捕しました」

「聞いています。とても残念な出来事です」

佐藤がふうと息を吐く。まるで他人事《ひとごと》のような口ぶりだ。

「山口はあなたのメルマガを読んで、私を殺そうと決意したと供述しています。私も読みましたが、あなたのメルマガに、たしかに私の名前が挙がっていました。殺害方法については、あなたの作品に登場した犯人の手口を真似たとも」

「そうですか」と佐藤が視線を落とした。

「どんな情報も、送り手の意図した通りに伝わるとは限りません。私は楯岡さんを襲って欲しいなどと考えてはいないし、誰かが自分の作品に登場する犯人の手口を真似るかもしれないと思って、小説を書いているわけでもありません。表現の自由が保障

されている以上、その可能性を考慮する必要もありません」

「上手く論点をずらしましたね」

ん、という感じに首をかしげられた。

「いまの佐藤さんの発言は、私の発言に呼応しているようで、実際にはなんの回答にもなっていません。楯岡さんを襲って欲しいなどと考えていない、といいながらメルマガの内容には言及していないし、犯人の手口を真似るかもしれないと思って小説を書いていないといいながら、作品の該当箇所には触れていない。一般論に終始しています。嘘をついていないから、なだめ行動も出ない」

「なだめ行動？」

「ご存じですよね。なだめ行動という言葉も、マイクロジェスチャーも、微細表情も」

きょとんとしながら絵麻を見つめていた目が、ふいに細められた。

佐藤が肩を揺すって笑う。

「私がキネシクスを使っていることに気づいていましたか。さすがだ」

「佐藤先生も、私がキネシクスの使い手であることに気づいていましたよね」

「『先生』はやめてくれませんか。サロンのメンバーには『青南さん』と呼ばれています」

「そうやって親しみやすさを演出なさっているんですね。メンバーは、それまで憧れの存在だったプロの小説家を『さん』呼ばわりできることへの対価として、喜んで月会費を支払う。そしてあなたの本を何冊も購入して応援する」

「まるで僕が極悪人みたいな言い草ですね」

「そうはいいません。ただ、良心は欠如している」

「僕がサイコパスだと？」

「ええ。青南さん」

絵麻はデスクに肘をつき、顔の前で両腕を重ねた。

サイコパス呼ばわりされれば普通は顔を背けるなり、身を引くなり、心理的距離が広がったことを表すしぐさを見せるはずだが、佐藤は違った。デスクに身を乗り出してくる。

本性を見抜かれて、隠す努力すら放棄したか。

「楯岡さんはおもしろいことをおっしゃる。できれば違う出会い方をしたかった」

「私はいまの出会い方がいいな。だって、下手にあなたの担当編集者という立場で出会っていたら、容赦ない攻撃で心を壊されていたかもしれない」

「水野さんのことをおっしゃっているのですか」

「ええ。半年前まで天啓出版であなたの担当だった水野眞子さん。あなたについて話を聞こうと思って実家のほうに電話したけど、彼女、いまは精神科の閉鎖病棟に入っているんですって。あなたの名前を出すとパニックを起こして暴れ出すから、事情聴取は遠慮して欲しいといわれたわ」

「彼女の心の病の原因は、僕だといいたいのですか」

「違うの？」

「彼女は編集者向きではなかったのかもしれません。僕の作品をおもしろくないと思っているのが、伝わってしまうんです。そんな人と一緒に仕事なんてできません」

「だからつい、壊したくなってしまう？」

「いっておきますが、暴力は振るっていません。犯罪じゃない」

元担当編集者にした仕打ちを思い出すように、佐藤が暗い笑みを浮かべる。

「物理的な暴力以外に、言葉の暴力だってあるのよ」

「それをいうなら、僕は彼女から微細表情の暴力を振るわれた。『嫌悪』、『侮蔑』、『怒り』。彼女からどれだけネガティブな感情を向けられたことか」

「それはあなたが勝手にキネシクスで心理を読んだだけじゃないの」

「そういう解釈もできるかもしれません。まったく、厄介な能力ですよ、人の考えていることがわかるっていうのは。そうは思いませんか」

絵麻は答えなかったが、佐藤は「ですよね」と話を続けた。

「もともと才能があったんでしょうね。仕事がなくて断筆の危機に陥っているときに、心理学の本を読み漁《あさ》りました。そして気づいたんです。人の心は複雑なようでいて単純だということに。心をつかむのも、壊すのも簡単なんです」

「あなた、才能の使い途《みち》を間違えたかもしれないわね」

「僕よりも、よほどあくどいことをして金を稼いでいる連中はたくさんいます。僕のオンラインサロンに金を落とすような連中は、僕のオンラインサロンに出会わなければ、どのみちもっとあくどい連中に利用されている。そう考えれば、僕は人を救っているという考え方もできる」

「どうかしら。山口はあなたのために人を殺そうとして逮捕された。岸裕久もそう。そのほか、ここ二年の間に発生した三件の未解決通り魔殺人事件の被害者についても、SNSであなたの商法を批判する発信をしており、あなたがメルマガで名前を挙げたことがわかっている」

佐藤の顔に『驚き』が表れる。

絵麻は軽く身を乗り出した。佐藤がわずかに身を引く。

「知らなかったの？」

「知りませんでした」

嘘ではない。

「岸と山口の供述から、未解決の三件についてもあなたのサロンのメンバーの関与を疑わざるをえない。代官山のあなたの自宅マンションと、恵比寿の広瀬真沙代のマンション。両方の家宅捜索令状を請求したから、いまごろ捜査員が向かっているはず」

「なるほど。そういうことでしたか」

ふっ、と佐藤が笑みを漏らす。

そして残念そうにかぶりを振った。

「メルマガについては基本的に広瀬さんにお任せしています。私は関係ありません」

「これまで二人三脚でやってきたのに、いともあっさり斬り捨てるのね」

まったく意外ではないが。

「彼女はビジネスパートナーに過ぎません。彼女には私のカリスマ性が必要だったし、私には彼女の金集めの才能が必要だった。それだけの話です。互いにメリットがあるから一緒にやってきましたが、どうやら彼女はわきまえるべき領分を踏み越えてしまったらしい。オンラインサロンを自らと『同一視』し、アンチの批判を自分への批判と受け止めてしまったようだ」

「そんなこと、とっくに勘づいていたくせに」

「薄々は勘づいていましたが、まさかそこまでやっているとは思ってもいませんでした」

佐藤が目を閉じるなだめ行動を見せる。

「なだめ行動が出てるけど」

「なだめ行動なんてなんの証拠にもなりません」

嘘を指摘してここまで開き直られたのは初めてだ。思わず虚を突かれる。

「ともかく」と佐藤は続けた。

「もしも殺人事件につながる彼女の作為や指示があったのだとしたら、非常に遺憾です。事務作業についてはほぼ彼女に任せきりだったので、名簿は彼女の自宅に保管されていると思います。私の家も調べてもらってかまいませんが、私の家からはなにも出てきませんよ。信じたくはありませんが、本当にサロンメンバーの中に過去の通り魔殺人事件の犯人がいるのなら、名簿は自由に使っていただいてかまいません。全面的に協力します」

不審なしぐさは皆無だ。通り魔殺人事件について、佐藤はかかわっていない。

「小説講座をオンラインサロンにすることを提案したのは、広瀬だそうね」

筒井たちが原恵里奈から引き出した情報だ。

佐藤が絵麻の真意を見透かそうとするかのように目を細める。

「誰から聞いた話ですか」

「いえるわけないでしょう」

「岡内利香子《おかうちりかこ》、立花貴帆《たちばなきほ》、大江七美《おおえななみ》、原恵里奈」

とっさに顔を伏せたが、マイクロジェスチャーを読み取られてしまった。

「原さんですか」

ぎゅっ、と自分が目を瞑るなだめ行動をしていることに気づく。

佐藤が小さく笑った。

「彼女は小説講座時代からの古株ですが、オンラインサロン化の恩恵を享受していません。最近はモチベーションも下がり、退会を検討しているようでした」

「引き留めようとは思わないの」

「そんなことをしても意味がない。モチベーションの低いメンバーを引き留めても、サロン全体の士気が下がるだけです。去る者は追わず、です」

まあ、と佐藤が息を吐く。

「少し残念ではありますがね。彼女の文章は悪くなかった。もう少し頑張っていれば、なんとかなったかもしれないのに。でもしかたがない。サロンの活動に参加するため、そして私の本を購入するなどの資金を捻出《ねんしゅつ》するため、彼女はそれまで働いていた会社をやめて風俗店で働くようになってしまった。しかし、そこまでして狭いコミュニティでマウントをとったところでたいした意味もないということに、最近の彼女は薄々気づき始めていた」

「知っていたの?」

絵麻だけでなく、西野も驚いたらしい。背後で振り返るような気配があった。

「広瀬さんはパーソナリティ障害です。何者かが自分の地位を脅かすのではないかと、いつも戦々恐々としている。そのため、とくにキャリアの長いメンバーについては、動向に目を光らせ、道を踏み外すように仕向けていた。原さんのことも、嬉々《きき》として報告してきました。もっとも、報告がなくとも原さんの変化には気づいていましたがね。ときおりうがい薬の臭いをさせていたし、どことなく荒《すさ》んだ空気を身にまとうようになっていた」

やはりそうか、と絵麻は思う。自分にたいする批判にたいして異常なほど敏感で、相手を敵視し、脅威を排除するためには手段を選ばない広瀬の行動は、境界性パーソナリティ障害のそれに近い。広瀬は古参会員ですらも一般会員と同じように搾取の対象にするなど、仲間うちでも粛正を行って自らの地位の安泰を図ってきた。

だが境界性パーソナリティ障害の人間を操縦するのは難しい。昨日まで親しかった相手を急に敵視し始めたりという感じで対人関係が不安定だし、感情や衝動を制御できずに、最終的にはコミュニティそのものを破壊してしまう場合が多い。一連の通り魔殺人事件は、広瀬にとって暴力衝動、破壊衝動のガス抜き的な意味合いもあったのではないか。

佐藤はおそらく、広瀬の行いや狙いについても把握していたのだろう。だが黙認し、あえて外に目を向けさせることで、コミュニティの維持を図ってきた。外敵を作ることは佐藤にとっても都合が良い。広瀬と意見の異なる会員は徹底的に冷遇され、やがて退会していく。その結果、意見を同じくする思想のかたよったメンバーばかりになる。エコーチェンバー現象だ。

佐藤を応援するために競って私財を投じたところで、会員に利益はない。だが思想が正しいか、誤っているかは、問題ではない。重要なのは、その思想、その意見がコミュニティ内で多数派か、そうでないかだ。サロン内部では、佐藤のためになにができるか、いかに金を使えるかという空気が醸成され、同調圧力となる。

佐藤と広瀬は持ちつ持たれつ、ではない。

やはり佐藤が広瀬を利用している――。

「知っていながら、搾取を続けた」

「先ほども申し上げましたが、オンラインサロンに金を落とすような人種は、僕らに出会わなければもっとあくどい連中に利用されている。僕でなくとも、必ず誰かに搾取されているんです。でもいっておきますが、僕はメンバーに常日ごろから忠告していますよ。小説だけで食べていくのは大変だから、いましている仕事をぜったいにやめないように、と。なのにやめてしまう人が後を絶たない。実際に努力した経験の乏しい人ほど正常性バイアスが強く働くものだから、困ったものです」

正常性バイアスとは心理学用語で、自分にとって都合の悪い情報を無視したり、軽視してしまう人間の特性のことだ。人の心はある程度鈍感にできているし、そうでなければ生きていけない部分もある。だが正常性バイアスが強く働き、「自分だけは大丈夫」「まだ大丈夫」「なんとかなる」と事態を軽視しすぎて命取りになるケースも少なくない。

「あなたはサロンの会員に『商業出版作品を執筆できる権利』を販売していたそうね」

「はい」

後ろめたさなどいっさい感じさせない、佐藤の頷きだった。

「実際に商業出版を前提とした原稿を書くというのは、作家志望者にとってかけがえのない経験であり、この上ない学びの機会だと思います。二十万円でも安いくらいだ」

「でも本の印税はあなたに入っていた。サロンメンバーからもお金を取って、印税も手にするなんて、二重取りの阿漕《あこぎ》な商売じゃないの」

「そう思うなら権利を購入しなければいい。それだけの話ではありませんか。条件は最初に提示しています。そもそもメンバーが自分の名前で本を出したければ、新人賞なり、ネットの小説投稿サイトにアップするなりすればいいんです。それは本人たちだってわかっている。でもやらない。小説家志望なんて口ではいいながら、本気で夢を叶《かな》えようなんて考えていないからですよ。夢はあるけど努力はしたくない。楽して夢を叶えたい。そんな人たちが僕を『同一視』して自分の夢を重ねるし、金を払ってでもプロの小説家気分を味わおうとするんです。それでも搾取といえますか。金を出した本人は満足しているじゃないですか」

がたん、と背後で乱暴に椅子を引く音がした。

西野が立ち上がったらしい。

「ど、読者のことはどう思っているんだ！　あんたとそのお仲間はそれでいいかもしれない。けれど、あんたが書いたと信じて本を買ってくれる、なにも知らない読者はどうなる！　あんた、読者を裏切ってるんじゃないのか！」

「西野。あんたは引っ込んでなさい」

手を振って追い払ったが、西野は止まらない。

「どうなんだ！　本にはあんたの名前が書いてある！　読者はあんたが書いたと信じて、本を買うんだぞ！」

とても三十五ページで居眠りした男の発言とは思えないが、正論だ。

佐藤は『侮蔑』の表情とともに、ふっと笑いを漏らした。

「つまらなかったら読まなければいいだけの話でしょう。別に買ってくれなんて頼んでいません」

「なんだと！」

「あなたの言い分は綺麗事です。世の中、おもしろい本だけが売れているのですか。売れている本はすべておもしろいのですか。そんなことはありません。売れているのにつまらない本なんて腐るほどあるし、その逆に、内容が良いのに鳴かず飛ばずの本はもっとたくさんある。そもそも大衆には、おもしろいとかおもしろくないなんてジャッジはできないんです。やれ有名な賞を与えられたとか、ものすごく売れているとか、そういったなんとなく貼られた『すぐれたもの』というレッテルに騙されて本を手に取り、他人がおもしろいといっているからおもしろいんだろうとジャッジを下したつもりになっている。自分で評価しているつもりかもしれないが、実際にはそうじゃない。かりに佐藤青南の新作を待望してくれている読者がいたとしても、それは『売れっ子作家である佐藤青南』の書いた作品を読みたいと思っているだけだ。だって実際には、僕が書いたものでなくても問題なく売れている。僕が書いていないなんて、誰も気づかない」

「稿栄社の須磨さんは気づいていた」

佐藤がこの日一番の『驚き』を見せた。

「キネシクスの使い手なら、私のいっていることが嘘か本当かわかるでしょう。須磨さんは最近のあなたの作品が、あなた自身の手によるものでないことに気づいていた。須磨さんによれば、あなたと付き合いのある版元の担当編集者全員が、おそらく気づいているといっていた」

呆《ほう》けたような佐藤の顔に『怒り』が宿る。

「気づいていながら依頼するということは、やはり内容なんかどうでもいいと考えているってことじゃないですか」

「その点は素直に認めていた。あなたの売上が欲しかったって。でも、こうもいっていた。あなたが良い作家になれる可能性は、確実にあった。自分が一緒に仕事することで、なんとかできるかもしれない、という色気は、どこかにあったのかもしれない……って」

一瞬、佐藤の顔から完全に毒気が抜けた。

だが自らを奮い立たせるように『怒り』を取り戻す。

「いまさらなにを……あの会社から切られた後で、僕がどんなに大変な思いをしたか、想像もつかないでしょう。やつら編集者には、作家の人生を預かっている自覚がない」

「須磨さんはあなたの作品を評価していて、稿栄社で四作目を書かせてもいいと考えていたようだけど、あなたがほかの作家に嫌がらせしていることがわかって、依頼を取りやめたと話していた」

「それは違います。先に嫌がらせをしてきたのはあいつのほうで——」

「嘘」と人差し指を向けた。

「視線を逸らすマイクロジェスチャーが出ている。普段はその場しのぎの嘘で乗りきれるのかもしれないけど、私には通用しない。わかってるわよね」

西野の身体を手で押して、自席に戻らせる。

佐藤は『驚き』と『怒り』の入り混じった微細表情の後で、作り笑顔を見せた。

「そうでしたね。失礼しました。嫌がらせはしました。将来有望な若い芽を摘むのは当然だと思います。なにしろあのとき私が嫌がらせした作家さん、この間の竿木賞にノミネートされていたんです」

「竿木賞なんかいらない、もし選ばれても断ってやる……って、いってたって聞いたけど」

どう答えようか逡巡《しゅんじゅん》する間があったものの、嘘をついても無駄だと思い至ったようだ。

「いらないわけがない。小説家にとって最大の栄誉です」

「そうよね。竿木賞にノミネートさせろと、編集者に要求するほどだものね」

「竿木賞ともなると、単純に作品がおもしろいというだけでは獲れない。政治的な駆け引きが必要になってきます」

「それならなおのこと、サロンの会員に自分名義の小説を書かせるなんてありえないんじゃないの」

「サロンメンバーに書かせているのは、どのみち勝負作ではありません」

「それが手抜きする理由にはならないと思うけど」

とはいえサイコパスにお説教するだけ時間の無駄か。

「いつからそんなことを始めたの。他人に作品を書かせるなんて、馬鹿げた真似」

「事件の捜査に関係あるんですか」

「ない。個人的な興味。私もあなたの本……いまとなっては、あなたの名義で刊行された本、という表現が正しいのかしら。けっこう読ませてもらったし」

「それはそれは。ご愛読ありがとうございます」

恭《うやうや》しく頭を下げ、佐藤がいう。

「いまから四年ほど前、ですかね。最初にサロンメンバーに書かせた本が出たのは」

やはりそうか、と思う。格段に作品の質が落ちてきたあたりだ。

「それも広瀬の提案だったの？」

「そうです。僕の本をサロンメンバーに大量購入させ、ネット書店やナショナルチェーン店のランキングを上げるというパブリシティ戦略も一定の成果を上げてきたころです。もっと成功するには弾数《たまかず》が必要だと、広瀬さんは言い出しました。とにかく出す本の数を増やしたい、という話でした。とはいえ、急に書くスピードが上がるわけでもありません。そう伝えたら、広瀬さんが――」

「サロンの会員に書かせればいい。本を書く権利を販売すれば、そちらでも収入がえられるので一石二鳥になる」

「そうです。悪くない考えだと思い、同意しました」

「躊躇はなかったの。あなたの名前で、いわばプロレベルに達していない未熟な原稿が世に出るってことよね」

「まずは売上という実績を作るべきだと思いました。文壇の評価なんてあてにならない。でも売上は明確です。自分で作ることができます。数字を持っている作家を、出版社は無下に扱うことはできません。昔みたいに斬り捨てることはできなくなります」

　かつてデビュー版元から切られたのは、売上が振るわなかったから、ということか。ブレイク後にふたたび稿栄社がオファーしたという事実を考えても、一概に間違っているとはいえない。

「けれど長い目で見れば、素人に書かせるのはよくないんじゃないの。いくら周囲が持ち上げたところで、つまらないものはつまらない。少なくとも私には、あなた名義の作品で読めたものじゃないと感じたのがいくつもあった。私がただの読者なら、二度と佐藤青南の作品を読もうと思わない」

　話の途中から佐藤はかぶりを振っていた。

「世の中にはさまざまな嗜好《しこう》の人がいるから、とにかくまず売ることが大事だと、僕は思います。たとえば十万部売れた本がある。その本をおもしろいと感じる人は一割しかいない。いっぽうで一万部しか売れていない本がある。その本を読んだ半分の人が、おもしろいと感じた。その場合、十万部売れた本の支持者は一万人で、一万部しか売れていない本の支持者は五千人しかいないのです。内容は確実に一万部の本のほうがすぐれているのに、おもしろいと評価する人の絶対数は十万部の本のほうが多くなる。まずは裾野を広げないと話になりません」

眉をひそめながら話を聞いていた絵麻が、口を開く。

「話の途中でたびたび『後悔』が覗いていたけど？」

「鋭いな。参りましたね」

佐藤が苦笑する。

「莫大《ばくだい》な富を生み出すようになったオンラインサロンの商法を正当化するためには、いまのようなロジックが必要。でも、間違っていたと気づいた」

「否定しても無駄ですか」

「無駄。あなたの嘘を見抜くための材料はネットにゴロゴロしてるから。あなたは売上の不振が、作品を評価されない原因だと考えていた。多くの人間に読んでもらう機会さええられれば、正当に評価されると考えていた。だからこそ、広瀬の提案した小説講座のオンラインサロン化にも同意した。でも、違った。オンラインサロンは軌道に乗って作品は売れたけど、宗教だとかマルチ商法まがいだといった色眼鏡で見られるようになってしまい、あなたの望んだものからはより遠ざかる結果になった」

　佐藤が肩をすくめる。

「だが儲かってはいます」

「そうやって自分を慰めてる。でも執筆のモチベーションはすっかり失われた。だからサロンの会員に執筆させている」

「執筆はサロンメンバーですが、原案は僕なので、そこまで酷い出来にはなっていないと思っています」

　嘘だ。視線を逸らすマイクロジェスチャーが出ている。

「いまは原案だけしかやっていないの」

「そうですね。いまのところは、そうなります」

　かぶりを振る佐藤に不審なしぐさはない。

「須磨さんはいまのあなたは成功していても、小説家としては死んでいるといっていた。本当にそうみたいね」

「なんとでもいってください」

「自分ではまったく小説を書かなくなってしまったの？　サロンの会員に原案を与えて、書かせるようになってから、ずっと？」

「ええ」

「嘘」と指摘した。

「いま目を閉じるなだめ行動があった」

すっ、と佐藤から表情が消える。

だがそれも一瞬だった。

「参ったな。ひそかに書いていました。やはり僕は根っからの小説家のようです」

「それはどうかしら」

絵麻はにっこりと微笑みかける。

佐藤は困ったように首をひねった。

「しかし参りましたね。本当に楯岡さんの推理が正しければ、ですが、オンラインサロンから五人も逮捕者が出ることになります。僕は関知していないとはいえ、そうなるとさすがにサロンの運営を続けていくわけにはいかない。閉鎖するしかないかもしれません」

「そんなに残念でもなさそう」

「そうですか」

佐藤が首をかしげる。やがて髪の毛をかきながら笑った。

「金はじゅうぶんに儲けました。代官山にマンションを建てることもできましたし、しばらくは遊んでいても暮らしていけそうなぐらいの蓄えはあります。もう潮時かもしれないと、このところ考えていました」

「欲がないのね」

絵麻の言葉に、佐藤は笑った。

「冗談でしょう。これだけ荒稼ぎして欲がないだなんて、口が裂けてもいえません」

「広瀬はもっと荒稼ぎしようとしていたんじゃないの」

「彼女は底なしですから」

佐藤が『嫌悪』を浮かべる。利用するために関係を保ちながらも、小説を金稼ぎの道具にしか思っていない広瀬のことは好きになれなかったか。

「でもあなただって、底なしよね」

絵麻の言葉に、佐藤が怪訝そうに首をかしげる。

「欲のベクトルが違うというだけじゃない。広瀬はオンラインサロンという狭いコミュニティの中の王様でいたい。けれどもあなたの目標は、ノーベル文学賞。とにかく評価や名誉が欲しい。そのためにオンラインサロンが有効だと思ったから、広瀬の提案を受け入れ、パーソナリティ障害の彼女を操縦しながらこれまで一緒にやってきた。けれど、いくらオンラインサロンを大きくしても、自分の望むものが手に入らないことがわかった。当面の間、生活の不安がなくなる程度の蓄えが出来たいまとなっては、胡散臭いオンラインサロンの存在は、むしろ邪魔。そう考えているんでしょう?」

「おっしゃっている意味がわかりません」

佐藤が微笑に困惑を滲ませた。

「あなたは『お金』じゃなくて『評価』が欲しい人なの。広瀬とは違う意味での怪物だということ」

「怪物、ですか。ちょっと失礼じゃありませんか」

抗議は無視した。

「私のいうことを繰り返してくれない」

絵麻は『尖塔のポーズ』越しに佐藤を見つめる。

「なんでしょう」

「私は金儲けをしても満たされなかった」

「なにを――」

かまわずに声をかぶせた。

「小さなコミュニティでちやほやされるほど、これは私が求めているものではなかったと痛感させられた。私はやはり、有識者に認められたかった。ランキングや賞レースの常連として、尊敬される存在になりたかった」

「いい加減にしてくれませんか」

「だから」と語気を強めた。

「『トリックマスター』の二つ名を持ち、本格ミステリーの第一人者として業界での評価も高い、謎山解こと藤岡満夫を殺した」

佐藤が大きく息を吸ったまま、固まった。

2

『驚き』を浮かべた佐藤の顔色が、わずかに白くなる。

その反応で、絵麻は佐藤の犯行を確信した。

「危機に瀕したときの動物の行動三段階、三つのF、キネシクスの使い手なら、知ってるわよね。フリーズ——硬直、フライト——逃走、ファイト——戦闘。いまのあなたは、三つのFの一つ目、フリーズの第一段階にある」

佐藤は、はっと我に返った様子だ。

「な、なにをいうんですか。いきなり突拍子もないことをいうものだから、固まってしまっただけです」

視線をあちこちに逸らしながらの弁解に説得力はない。

「じゃあいってみて。私は謎山解こと、藤岡満夫を殺した……殺していない、でもいいけど、どっちか」

「そんなくだらない遊びに付き合う意味はありません」

「わかってると思うけど、それは三つのFの二つ目。フライト。現実から目を逸らし、逃走しようとしている」

絵麻は自分を抱くようにしながら、佐藤を指差した。

佐藤は絵麻から離れるようにデスクから離れ、絵麻に正対していた身体も、出入り口の扉をほうを向いていた。この場から立ち去りたいという心理の表れだ。発言もそうだが、そのしぐさも心理的な逃走を示している。

佐藤がデスクに肘をつき、前のめりになって逃走の意思を隠そうとする。だが無理やり本能を押さえつけても、不自然な動きになるだけだ。

「さあ。早く。私は謎山解こと藤岡満夫を殺した。いってみて」

佐藤はデスクに肘をつき、こぶしをもう片方のこぶしで包んで、顔を伏せている。

感情としぐさを懸命に制御しようとしている。

が、無理だ。

「早くいいなさい。やっていないのならいえるでしょう。それとも、なだめ行動やマイクロジェスチャーが出てしまうのを恐れているのかしら」

「そんなことは、ない」

声が震えていた。よく見ると佐藤の全身が震えている。

「なら早く」

「嫌だ」

「どうして」

「嫌なものは嫌だからだ！」

佐藤は立ち上がり、デスクを叩いた。

佐藤の攻撃にそなえ、西野が素早く椅子を引いて立ち上がる。

『憎悪』を浮かべた瞳と、絵麻は見つめ合った。

「それ、三つ目のFだから。ファイト」

ひややかに指摘すると、佐藤がしまった、という顔になる。なんということをしてしまったんだという感じに自分の両手を見て、やがてその手をだらりと垂らした。

勝った。

絵麻が内心でほくそ笑んだ、そのときだった。

がっくりとうなだれた佐藤の肩が、ぴくりと動いた。両肩が小刻みに上下し始める。その動きは次第に大きくなり、やがて声も漏れ始めた。

笑っている。

予想外の反応に、さすがの絵麻も理解が遅れた。

佐藤は顔を天井に向けながら高笑いした後、腹を押さえて床に転げながら笑った。仰向《あおむ》けになり、脚をじたばたさせながら笑い転げる。

背後を振り向くと、頬に『恐怖』を湛えた西野が呆然と立ち尽くしていた。

やがてデスクに手をつき、佐藤が立ち上がる。

「あーおもしろかった」

椅子に座りながら、目の端に浮いた涙を拭った。

それから絵麻の目を真っ直ぐに見ながらいう。

「僕は謎山解こと、藤岡満夫を殺しました。これでいいんですか」

あっ、と絵麻は思う。

なだめ行動が見られない。つまり本当のことをいっている。

「なだめ行動、なかったですか。だったらなんなんですか」

気持ちいいほどの開き直りようだった。

絵麻は捜査ファイルを開き、証拠袋に包まれた宅配便の伝票を取り出した。謎山から稿栄社の担当編集宛てに送られたゲラに添付されたものだ。

さらに絵麻が取り出したのは、佐藤の著作だった。表紙を一枚めくって、佐藤に見せる。

そこにはマーカーで『佐藤青南』という文字が崩して書き入れられていた。佐藤のサイン本だ。

「この宅配便の送付状の送り主の欄に書かれた、『藤岡満夫』の『藤』の字と、あなたの本に書かれた『佐藤青南』の『藤』の字、とてもよく似ていると思わない？」

「似ていますね」

佐藤が興味深そうに二つの字を見比べる。

「この『藤岡満夫』の字は、あなたが書いた」

「そうなんですか？」

茫洋《ぼうよう》とした目が、絵麻を見つめる。

「違うの？」

「違います」

頷く直前の顎を左右に揺らすマイクロジェスチャー。

「嘘をついているわね」

「嘘なんてついてませんよ」

瞬きが長くなるなだめ行動。

「ほら、マイクロジェスチャーもなだめ行動もある」

「ほう……で？」

平然と訊き返され、虚を突かれた。

「あなたは嘘をついている」

「だから嘘なんてついていませんってば」

視線を逸らすマイクロジェスチャー。

そう来たか。なだめ行動やマイクロジェスチャーを根拠に嘘を指摘されても、認めなければいいという作戦らしい。

佐藤がいう。

「参考までにうかがいますが、かりに、その宅配便の送り主の名前が僕の字だとしたら、どういう推理が成り立つんですか」

「謎山解名義の『空中迷宮殺人事件』を書いたのは、あなた」

「ほう。おもしろいですね。その推理の根拠をうかがえますか」

愉快そうな口調だった。

「謎山さんはあなたのオンラインサロンを利用して本を売る商法を批判し、炎上した。けれど、あなた自身は謎山さんに悪感情を抱いてはいない」

謎山解について質問したとき、まったく不審なしぐさが見られなかったことからも、それは明らかだ。

「ええ。おっしゃる通りです」

「あなた自身は謎山さんをめぐるＳＮＳでの騒動について、それほど関心を寄せていたのデビュー版元である稿栄社を選んだということも、その理由についても聞いた」

佐藤は無表情で話を聞いている。

「あなたはオンラインサロンで莫大な利益をえていたけれど、同時に虚《むな》しさを覚えていた。なによりも文壇での評価を欲していたあなたにとって、成功は期待通りの結果をもたらしてくれなかった。文壇での評価はえられず、マルチ商法まがいだとか宗教的だとか、色眼鏡で見られる機会だけが増えていった。自分のやり方は間違っていたのかもしれない。謎山解が稿栄社で久しぶりの連載をするという情報が飛び込んできたのは、あなたがそんなふうに考え始めたタイミングだった。謎山解にたいして個人的な悪感情はない。けれど謎山解は、あなたの求めるものを持っていた。『トリックマスター』、『本格ミステリーの第一人者』という、業界での確固たる評価、当時で七年も筆を執っていなかったにもかかわらず、待ち続けてくれる熱心なファン。あなたにも何十万円、何百万円とお金を遣ってくれる熱心な支持者はいたけれど、同じ本を何冊も購入するという応援の仕方は、心からの読書好きの行動とはかけ離れている。サロンの会員はあなたに心酔し、あなたという人間を愛していたかもしれないけど、あなたが愛して欲しかったのは作品だった。あなたは自分の作品が愛されているとは、とても思えなかった」

どうかしら、という感じに首をかしげる。

佐藤は肩をすくめ、続きを促した。

「あなたは考える。今後、変な色のついた佐藤青南という名前で作品を発表しても、それが正当な評価をえられる機会はない。いっぽうで謎山は、何年も筆を執っていなかったにもかかわらず、熱心なファンから作品を待望されている。そこであなたが導き出した結論が……あなたの小説を謎山解名義で発表したら、正当な評価をえられる。それに、失っていた執筆意欲を取り戻せるかもしれない」

『尖塔のポーズ』を作る絵麻に、佐藤はにやりと暗い笑みを浮かべた。

3

「おもしろい推理ですね、楯岡さん。あなた、小説家の才能があると思います」

「あなたよりはあるかもね」

佐藤の顔に『怒り』が表れる。なによりも小説家としての評価を欲している男だけに、才能を否定されると微細表情が抑えられないらしい。

だが佐藤はすぐに薄笑いで感情を消し去った。

「続きを聞かせていただけますか」

「その前にここまでの推理、どうかしら。どこか間違っているところ、ある？」

「ノーコメントで」

そういったものの、大脳辺縁系の反射は抑えられない。顔を横に振るマイクロジェスチャーが表れた。

「当たってるみたいね。あなたは謎山解名義で自分の小説を発表した」

「どうとでも解釈してください」

佐藤がデスクの上で両手を重ねる。普通ならば図星を突かれたら少しでも取調官から距離を取ろうと、椅子の背もたれに身体を預けるなり、デスクの上から手をおろしたりするところだが、恐ろしいほどの余裕だ。

「ぜひ続きを聞かせていただきたいものです」

「もちろん」

絵麻はにっこりと微笑み、話を戻した。

「謎山さんはあなたへの当てつけで、稿栄社での打ち合わせの際にはいちいちＳＮＳにその旨を投稿していた。ということは、ＳＮＳに投稿があったタイミングで稿栄社の前で張り込んでいれば、彼に会うことができる。あなたは謎山さんを待ち伏せ、声をかけた。おそらくは笑顔で、好意的な態度を装って。自分が批判した相手が思いがけず友好的な態度で接してきたら、警戒はするけれども負い目や引け目もある。しかもあなたはサイコパス。好感を取り繕《つくろ》うことについては天才的に上手い。私のサロン会員がご迷惑をかけてすみませんでした。一度、憧れの謎山先生ときちんとお話ししたいです。誤解を解きたいです。そんなことをいって近づけば、話ぐらいは聞いてやるかと思うのが人情よね。自分が批判した商売敵とはいえ、堂々と近づいてきた後輩作家が自分を殺そうとしているなんて、想像もしない」

「なるほど。でも、私ならこういいます。私のやり方を批判されたことについて、とやかくいうつもりはありません。少しだけお時間をいただけませんか。よかったらお茶でも飲みながら話しましょう」

驚いた。自ら手口を暴露するとは。

「まずは相手に心理的負債を負わせ、断りにくくさせたということね。辛辣に批判した相手が、そんな殊勝な態度で接してきたら、相手は自分もいい過ぎたかもしれないという心境になる。そこに少しだけお時間をいただけませんか、という申し出で承諾を勝ち取り、お茶でも飲みながら話しましょうと、要求を大きくする」

「ええ。ローボール・テクニックです。いったん承諾してしまえば、その後、大きな要求をされても断りにくい。謎山さんはちょっとした立ち話ならと思って承諾したが、お茶の誘いを断り切れず、店についていくことになる」

「そういうふうに誘ったの？」

「いいえ。あくまで僕ならこういうふうにする、という一つの提案に過ぎません」

頷きのマイクロジェスチャーなどものともせずに、佐藤は平然と嘘をつく。

「まあ、いいわ」と絵麻は続けた。

「謎山さんに飲ませたお茶には、睡眠薬が混ぜてあった。あなたは意識を失った謎山さんを自宅に連れ帰り、拘束する。そして謎山さんから奪った鍵で彼の自宅マンションに侵入し、ノートパソコンとACアダプターを持ち帰った」

「謎山さんが亡くなったのは、先月の五日ですよ。謎山さんが『小説稿栄』での連載を宣言してから、三年も経過しています」

「だから三年近く、自宅に監禁していた」

謎山の自宅マンションに争った形跡が見られないのなら、おそらくそういうことになる。外ではつねにオンラインサロンの会員に囲まれている佐藤が謎山を監禁できる場所といえば、代官山にあるという佐藤の自宅マンションしかない。

「本気でおっしゃっているんですか。そんなに長い間、自宅に六十を超えるおじさんを」

「狂気じみてる。いや、まさしく狂気よね」

「そんな想像をする楯岡さんのほうが、狂気じみていると思いますが」

「小説家の才能はありそう？」

冗談でも認めたくないという感じに、鼻を鳴らされた。

「あなたは謎山さんのノートパソコンを使い、謎山解のふりをして稿栄社の担当編集者とやりとりをするようになる。やがて『小説稿栄』での連載がスタートした。そこに掲載されているのは、もちろんあなたの原稿」

佐藤はサロンメンバーに書かせるようになってからは原案のみで、小説を書いていないと嘘をついた。そのことを指摘すると、ひそかに書いていたと認めた。その発言に、嘘はない。そのとき書いていた原稿というのが、謎山解名義で『小説稿栄』で連載されていた『空中迷宮殺人事件』の原稿だった。

「連載が続く間、あなたはしばしば謎山さんの自宅マンションを訪れていた。謎山さんと取り引きのあった出版社から、毎月文芸誌が送られてきていたので、処分する必要があったのよね。ポストが一杯になってしまえば、配達員や近隣住民が不審に思う。あと、稿栄社から送られてくるゲラを受け取る必要もあった」

筒井によれば、玄関先に積まれた二年半前の八月号が、謎山宅にある文芸誌の最新号だったらしい。ということは、謎山は九月号が届く前に拉致された。その後マンションのポストに投函《とうかん》される文芸誌は、都度、佐藤が持ち帰っていた。

「あなたは自身のオンラインサロンでも、謎山解の作品を読むべきだとメンバーに勧めていた。自分の作品であることは明かさずにひそかに世に問うつもりだったはずだけど、つい承認欲求がこぼれてしまったみたいね。もっとも、小説というよりあなたに心酔しているだけのサロン会員には、ピンと来なかったみたいだけど」

「たんに僕が謎山作品のファンだという可能性は、考慮していただけないのですか」

「あなたは謎山作品のファンなの」

「もちろんです」

「はい、嘘。応答潜時がわずかに長かった」

「なんでもお見通しか。本当に僕の作品の主人公・築山みどりみたいだ」

「事実は小説より奇なり、よ。あなたの作り上げた架空のキャラクターなんかより、私のほうが鋭いし、賢いし、あと美人」

ふふっ、と笑みを浴びせられた。

「とにかく、自宅に謎山さんを監禁しながら原稿を書き続けたあなたは、ついに一年半にわたる連載をやり遂げる。単行本化の作業も終え、校了した後で、最後の仕上げにかかった。それまで食事を与え、着替えを用意し、下の世話までして生かしてきた謎山さんを殺害するの。洗面器か、水を張った風呂かわからないけど、彼の顔を浸けて溺死させた。生かさず殺さずといった感じですっかり衰弱しきっていた謎山さんを殺すのは、簡単だったでしょう。そして遺体を謎山さんのマンションに運び、湯を張った湯船に遺体を入れ、湯沸かし器の電源を入れたまま立ち去った。旧式の湯沸かし器で安全装置がついておらず、沸かしたら沸かしっぱなしになることも、あなたは知っていた。湯が蒸発しきって空焚きになれば火事になる恐れもあったけど、火事になったらなったで、証拠が消えてあなたにとっては得な結果にしかならない。そうでしょう」

「さあ。ぜんぜん、なにをおっしゃっているのやら」

佐藤は薄笑いの表情とその発言とは裏腹に、頷きのマイクロジェスチャーをともなっていた。

「遺体は三日間煮込まれて、骨から剥がれた肉や脂肪が湯に浮いている状態だった。これもあなたにとって計算の内だった。六十歳を超えているとはいえ、謎山さんのような成人男性を三年も監禁するためには、かなりしっかり拘束する必要がある。手首や足首に痣《あざ》、あるいは壊疽《えそ》のような痕跡が残っていた。だから熱湯で煮込んで骨から肉を剥離させ、拘束の痕跡を隠す必要があった」

「素晴らしいストーリーだ」

小さく拍手してひやかしてくる佐藤を無視し、絵麻は続ける。

「家賃を滞納したのも、数日後に遺体を発見させるための作戦だった。あなたは謎山さんを監禁する間、謎山さん宅の家賃、水道光熱費をすべて支払っていた。たまに家賃を滞納していたのも、不動産管理会社がどれぐらいで督促してくるかを見極めるためだった。何度か滞納してみて、不動産管理会社が翌月五日ごろに電話をかけてくることがわかった。それまでは留守電にメッセージが残されたら即日、家賃を振り込んでいたけれど、先月はあえてそれをしなかった。そうすることで不動産管理会社の社員が不審に思い、謎山さんを訪ねてくるのを期待した。あなたの目論見はまんまと嵌まり、三日後には不動産管理会社の社員が謎山さんの遺体を発見する。これであなたが書いた『空中迷宮殺人事件』は謎山解十年ぶりの単行本にして遺作という箔《はく》がつき、大きな話題になる。あなたはそれを見越して、謎山さんを三年も監禁した挙げ句、殺害した。執筆のモチベーションを取り戻す。自分の原稿に世間の注目を集める。ただそれだけの目的で」

佐藤はしばらく、絵麻の視線を受け止めていた。

やがて大儀そうに椅子の背もたれから背中を剝がす。

「よく考えましたね。三年にわたる非常に大がかり、かつ大胆なトリックだ」

「私の推理で外れているところは、あるかしら」

顔を横に振るマイクロジェスチャー。すべて絵麻の推理通り。

だが佐藤は頑として犯行を認めない。

「当たっているも外れているも、すべて楯岡さんの妄想です」

「それなら、この宅配便の伝票はどう説明するの。謎山さんが書いたとされる『藤岡』の『藤』の字と、あなたが自分の本にサインした『佐藤』の『藤』の字は酷似している。とくに『月』の右側の部分の崩し方、ほぼ同じといってもいい」

「栖岡さん」ややあきれたような口調だった。

「すごく似ている、というのは、同じ、ということではない。裁判でも証拠にはなりえない。そんなことは警察官のあなたなら、よくご存じのはずだ。これは証拠を突きつけているのではない。『証拠のように見えるもの』を提示して、相手に揺さぶりをかけようという心理作戦、いわば小細工だ。似ている両者が同一人物によって書かれたと証明するのは本来、警察の仕事です。『似ている』、『酷似している』、『同一人物が書いたように見える』。そういう印象をぶつけることによって動揺を誘い、自供を引き出そうとしているのでしょうが、それは逆に、決定的な物証が存在しないと白状しているのに等しい。おわかりですよね」

佐藤の話を聞きながら、絵麻は無意識に自分が身を引いているのに気づいた。

おそらくそれは、佐藤にも伝わっている。

「本来ならば、『同一人物が書いたように見える』という印象ではなく、宅配便の伝票に僕の指紋がついていたとか、謎山さんの自宅から僕の毛髪や足跡などが発見されたという、確固たる事実を突きつけるべきなんです。それはあるんですか。裁判でも証拠として採用されるほどの、きちんとした物証が」

ない。

それがわかっているからこその、佐藤の自信なのだろう。

「でもこの宅配便の伝票は、あなたの字」

「駄々っ子じゃないんだから。もっと論理的な話し合いをしませんか」

佐藤が両手を広げ、かぶりを振る。

だがその直前に、頷きのマイクロジェスチャーをともなっていた。

佐藤もそんなことは重々承知だろう。なだめ行動やマイクロジェスチャーを指摘されても相手にしないと、開き直っている。

しばらく見つめ合った後で、にやりと佐藤が笑った。

「やっぱり。そういうことなんですね」

絵麻は不用意にマイクロジェスチャーが出てしまわないように意識する。だがおそらく出ている。『恐怖』の微細表情が。

「僕のことを疑っているけど、物証がまったくない。だから別件で逮捕して、家宅捜索を行い、僕の部屋でなんらかの証拠を見つけ出そうとしている。そうでしょう？」

「どうかしら」

肩をすくめてとぼけてみせたが、なだめ行動が出ていたらしい。佐藤が笑みを深くする。

「当たりだ。物証がない」

まずいな、と絵麻は思う。

自宅マンションに家宅捜索が入ったことを知りながらこの余裕を保てるのは、証拠を完璧に隠滅した自信があるということだ。

4

その部屋に足を踏み入れた瞬間、筒井は言葉を失った。

なんの変哲もない十畳ほどのフローリングの床の中心に、スチール製の大きな檻《おり》が鎮座している。大きいといっても、成人男性なら腰を浮かせることすら難しそうな、大型犬用のペットケージだ。

「謎山はこんな狭いところに閉じ込められていたんですか」

後から入ってきた綿貫も、唖然《あぜん》としている。

そういうことなのだろう。謎山を拉致した佐藤は、三年もの間、狭いペットケージに謎山を閉じ込めて衰弱させた挙げ句、殺害した。楯岡によれば、謎山にたいして個人的な悪感情を抱いていたわけではない。ただ執筆意欲を取り戻したい、自分の作品への評価が欲しいという、それだけのために犯行に及んだ。

「狂ってやがる」

こみ上げる嫌悪感に吐き気がした。

だがここまでわかりやすい証拠があれば、佐藤を逮捕できる。

「鑑識！　この部屋だ！」

背後に呼びかける。

家宅捜索にはあらかじめ鑑識を同行していた。

紺色の制服に身を包み、ヘアキャップにマスク姿の、ずんぐりとした鑑識課員が歩み寄ってくる。鑑識課でもとくに凄腕《すごうで》として知られる、打越《うちこし》という男だった。

打越は筒井の横から部屋を覗き込み、わお、と声を漏らした。

「本当に人を監禁していたのか」

ここに至るまで半信半疑だったようだ。渋る打越をなかば強引に引っ張ってきたのだった。

「だからいっただろう。早く調べてくれ」

顎をしゃくって促したが、打越は怪訝そうに眉をひそめる。

「調べますけど、ちょっと妙ですね」

「なにが」

「あのケージ、ずいぶん綺麗じゃないですか。新品に見える。まるでこれから大型犬を飼育するために購入したような」

いわれてみればそうだ。ペットケージが異様な存在感を放っているものの、ここに三年も成人男性を監禁していたとは信じられないほど、清潔感のある空間だった。思わず舌打ちが漏れた。佐藤のやつ、万が一にそなえて入念に清掃していたか。とはいえ、こちらも百戦錬磨の鑑識課員を同行している。素人がいくら頑張ってみたところで、完全な証拠隠滅などできやしない。

そのはずだ。

「謎山の指紋一つでも、髪の毛一本でも、皮膚組織ひとかけらでもいい。とにかくなにか見つけてくれ」

「わかりました」

打越が部下を手招きで呼び寄せる。

鑑識課員たちが部屋のあちこちに散って、証拠収集作業を開始した。

筒井たちは別の部屋で待機することにした。そこはリビングルームとして使用されていたらしく、三十畳ほどの空間に、テレビやソファなどがモデルルームのように配置されている。ほかにはベッドルームと書斎という、広々とした3ＬＤＫの造りだった。五階建てのマンション一棟まるまる佐藤の所有になっており、建物の最上階を自身の住居にしていたらしい。一階にはコンビニエンスストア、二階から四階はワンルームマンションとして貸し出されていて、現在はすべての部屋が埋まっている。

「なにか見つかりますかね」

綿貫は不安げだ。

「見つけるしかないだろう。楯岡のまじないだけじゃ、逮捕はできない。物証が必要なんだ」

先ほど書斎のデスクの抽斗《ひきだし》から、謎山のノートパソコンのものと思われるACアダプターが発見された。ところが謎山の指紋や皮脂などはいっさい検出されなかった。打越によればこのタイプのACアダプターは汎用性が高く、別の機種や電器製品でも使用されるため、それだけで物証にはならないだろうということだった。

隣室の鑑識作業を覗きながら、二人はそわそわと過ごした。

ふいに綿貫が口を開く。

「この部屋に謎山を監禁していて、殺害もこの部屋で行ったとしたら、佐藤はどうやって謎山の遺体を運び出したんでしょう。防犯カメラには、エントランスを出入りする様子は映っていませんでしたが」

マンションのエントランスに設置された防犯カメラの映像については、警備会社に要請してすでに確認した。謎山が死亡したと推定される先月五日、佐藤は午後九時に自宅マンションに帰り、翌朝六時に出かけるまで、一度も防犯カメラに捉えられていない。

「非常階段と非常口を使えば簡単だ」

マンションには非常用の外階段があった。五階からおりてきて、一階部分には外に出られる非常扉がついている。非常扉を使えば防犯カメラに映らずマンションに出入りすることができる。扉は内側からだと誰でも鍵を開けて出られるが、外側からだと鍵を使って開錠しないと入ることができない。ビルオーナーである佐藤は、当然非常扉の鍵を所有している。

「そうやって誰にも見られずに謎山の遺体を運び出したとして、大田区にある謎山のマンションまでの輸送手段は」

「車じゃないか」

「佐藤は車を所持していませんし、このマンションに駐車場はありません」

「タクシーかレンタカー……ってところか」

「しかし、タクシーだと遺体なんか運んでいたら運転手に不審に思われてしまいますし、レンタカーなら貸し出し記録が残ります。佐藤がそんな迂闊なことをするでしょうか」

綿貫のいう通りだ。タクシーにしろレンタカーにしろ、佐藤が犯行時刻前後にマンションを抜け出していた大きな証拠になる。あそこまで入念に部屋を清掃していた佐藤が、そんな危険な橋を渡るだろうか。

「サロンの会員の誰かに協力させていた、という可能性は？」

綿貫の話の途中から、筒井はかぶりを振っていた。

「それはない。広瀬は佐藤を車でマンションまで送っている。オンラインサロンの会員は、佐藤のアリバイを補強するのに一役買っているんだ。その中の一人であれ、佐藤が帰宅した後でマンションを抜け出したことを知っていたら、アリバイが崩れる」

いくら狂信的とはいえ、謎山の事件にオンラインサロンの会員が協力しているということはないはずだ。佐藤に協力者はいない。

なのにどうやって、代官山から大田区池上まで遺体を運んだのか。

もしかしたらそこが解決の糸口になるのか？

「綿貫。楯岡に連絡してみろ」

「了解です」

綿貫は懐からスマートフォンを取り出し、電話をかけ始めた。

5

絵麻が取調室に戻ると、佐藤が満面に笑みを浮かべて待っていた。

ノートパソコンに向かった西野が、気味悪そうに身を引いている。

「お待たせ」

トイレを口実に席を外していたのだが、

「遅かったですね。僕の家に踏み込んだという同僚と連絡を取り合っていましたか」

図星だった。綿貫と電話で話していた。

嘘をついても通用しないと思い直し、素直に認めた。

「ええ。そう。あなたの自宅マンションで、大型犬用のペットケージを見つけたって」

さすがに佐藤の頬が、かすかに緊張する。

「僕もそろそろ、犬を飼おうかと考えているんです」

「嘘よね。瞬きが長くなるなだめ行動が出ている」

「嘘ではありません。どう思われようと勝手ですが」

徹底的にキネシクスの根拠を認めないつもりのようだ。

それはつまり、キネシクスによって導き出される証拠など存在しない、証拠は完全に隠滅したという自信の表れだろうか。

　実際に、筒井たちに同行した鑑識が徹底的に佐藤宅を調べているが、いまのところ謎山の痕跡は発見できていない。部屋は驚くほど清潔に保たれていて、証拠が見つかるとは思えないと、綿貫も話していた。

「自宅に踏み込まれたというのに、ずいぶんな余裕ね。被害者の血の一滴、髪の毛一本すら残していない自信でもあるのかしら」

「そもそも誰かを監禁した事実など、ありませんからね」

　目を閉じるなだめ行動をともないながら、佐藤がいう。

「プロの清掃業者にでも頼んだ？」

「そういえばこの前、業者さんに部屋の掃除をお願いしました」

　業者の名前を訊ねてみると、耳慣れない名前だった。

「特殊清掃の業者さんです。さまざまな事情で亡くなった方の遺体の発見が遅れ、遺体の腐敗や腐乱によってダメージを受けた部屋の原状回復を担う業者です」

　なるほど、これが自信の根拠か。監禁中から床にビニールシートを敷き詰めるなどして細心の注意を払い、遺体を運び出した後も専門の業者に依頼して徹底的に清掃したのだろう。

「そんな業者に依頼するなんて、そこに遺体があったと認めるのね」

「いいえ。認めません。僕は極度の潔癖症でして、普通の清掃業者の仕事では満足できないんです」

　よくもぬけぬけと。

　ともかく物証は期待できない。

　やはり切り口を変えないと。

「あなたは殺害した被害者の遺体をビニールシートかなにかにくるみ、非常階段を使って一階までおりた。そして非常扉からマンションの外へと、遺体を運び出した。合ってるわよね」

「知りません。なんの話をされているのかもわからない」

　発言の直前の頷きのマイクロジェスチャー。

　当たっている。なのになぜ、ここまで余裕たっぷりでいられる？

「謎山さんのマンションまでの輸送手段はなに？　車？」

　首をかしげるしぐさ。だがその直前の頷き。

「車ね。でも、あなたは車を持っていない」

「ええ。その通りです。車は持っていません」

「けど免許は持っている」

「普通自動車免許は所持しています」

ここはなだめ行動なし。事実。

「車はどうやって調達した？　オンラインサロンの会員に協力者がいたの」

顔を左右に振るマイクロジェスチャー。協力者はいない。

「タクシー？　レンタカー？　まさかバスじゃないわよね」

「だからなんの話をされているんですか。僕にはさっぱりわかりません」

そのどれでもない。

おかしい。

「車なのよね？　オートバイや自転車じゃなく、四輪の」

佐藤が困ったように顔を左右にかたむける。だが直前の頷きはあった。

輸送手段は自動車だ。

しかし誰かに車を出させたわけではない。タクシーでもレンタカーでもバスでもない。

「誰かの車を無断で借用した？」

相手はサイコパスだ。それぐらいなら平気でやる。

だが「いい加減に怒ったほうがいいですか」と笑顔を浮かべる佐藤に、なだめ行動はない。

「勝手に話を進められても、ついていけません。困ります。もっとも、なかなか愉快な展開ではありますが」

どういうことだ。どういう方法で車を調達した？

考えろ。考えろ。

デスクの上でこぶしを反対の手で包みながら、絵麻は思考を巡《めぐ》らせた。相手はサイコパス。他人の物を盗んだり利用することには躊躇も罪悪感もない。さまざまな方法で車を調達することが考えられる。だが他人の車を無断借用したわけではない。

ふいに閃《ひらめ》きが弾け、絵麻は顔を上げた。

「カーシェア……」

笑顔を湛えた佐藤の小鼻が膨らむのが、はっきりとわかった。

当たりだ。カーシェアならば店員と顔を合わせずに利用できる。誰かの記憶に残る恐れもない。

他人の車を無断借用したのではなく、他人が車を使用できる権利を、無断で利用したのだ。

絵麻はメモ用紙にペンを走らせ、背後に差し出した。

「西野。これ、お願い」

「わかりました」

椅子を引いた西野がメモ用紙を奪い、部屋を飛び出していく。

「慌ただしくなってきましたね」

　そういって絵麻の肩越しに扉を覗き込む佐藤は、まだ余裕を保っている。

　たぶん空振りになるなと、絵麻は思った。

6

「なんも出てこないって、どういうことだ！」

　筒井は怒鳴った。

「出てこないものは出てこないんです。謎山の遺体が積まれていたことを示すような物証はいっさい、見つかりません」

　鑑識課の打越が、丸い顔を真っ赤にして抗議する。

「おまえ、なんだその態度は！　それが先輩にたいする口の利き方か！」

「筒井さんこそ、少しは鑑識の仕事に敬意を払ってくれよ。おれらは刑事の召使いじゃないんだぞ」

「なんだと、きさま！」

　打越につかみかかろうとして、綿貫から羽交い締めにされた。

「筒井さん！　落ち着いて！」

「離せ！　この野郎！　もっとちゃんと調べろ！」

「調べた結果がいま話した通りなんだよ！　なんも出てこない！　あんたらの推理が間違ってるんじゃないか」

三人がいるのは、佐藤の住むマンションから徒歩数分の場所にあるカーシェアのステーションだった。マンション脇のちょっとしたスペースをステーションとして活用しているらしく、敷地のくぼんだ場所にセダンタイプの乗用車がぴったりと収まっている。

楯岡からの連絡を受けて、近隣のカーシェアステーションで先月五日に貸し出された車両を調べたところ、この場所の車が該当した。運営会社経由で利用者の横山《よこやま》という男に連絡を取ってみると、その日はカーシェアサービスを利用していないという。五日はあるイベントに参加後、財布とスマートフォンをなくしてしまったらしい。翌日には警察から連絡があり、財布もスマートフォンも無事戻ってきたので、どこかに落としたと思っていたそうだ。あるイベントとはなにかという質問には、佐藤青南主催のセミナーとの答えが返ってきた。男は佐藤青南オンラインサロンの会員だったのだ。

財布の現金も手付かずでスマートフォンも使用された形跡がなかったため安心したようだが、実際にはカーシェアサービスを利用されていた。男が登録しているカーシエアサービスは、スマートフォンで予約し、ＩＣカードで車を開錠して使用するシステムだった。男はＩＣカードを財布に保管していた。

佐藤に違いないと、筒井は確信した。イベントに参加したオンラインサロンの会員から財布とスマートフォンを盗み、カーシェアサービスを利用した後で、交番かどこかに届けた。自分で届けたら身元がばれてしまうので、近くにいた子供を利用して届けさせたりしたのではないか。

筒井と綿貫は打越をともない、カーシェアステーションに急いだ。

幸いなことにカーシェアサービスの運営会社の支社がごく近所にあり、すぐに社員がＩＣカードを持って駆けつけてくれた。

そして打越が車内をくまなく調べた結果が、いまのありさまだ。車内からも、トランクからも、謎山の遺体を運搬した痕跡は見つからない。

「だいたい一か月も経ってるんだ！　かりにこの車で死体を運んだにしても、血液でもシートに染みていない限り、痕跡なんて綺麗さっぱり消えてる！」

打越が車を指差しながら怒鳴った。

鑑識官から飛び出した物騒な言葉に、運営会社の社員が青ざめる。

「一か月で、この車の利用者はどれぐらいいたのですか」

綿貫に訊かれ、「こちらに」と社員は持参した書類を差し出した。

筒井と打越は、綿貫の両隣から書類を覗き込む。

そして思わず顔を歪めた。それはこの車の利用者のリストを印刷したものだった。事件の発生した先月五日からいまに至るまで、ほぼ毎日のように利用されていて、利用者の名前がずらりと並んでいる。時間貸しも行っているようで、複数の利用者の名前が記載されている日もあった。

「車内清掃は、どれぐらいの頻度で？」

打越の質問に、社員の男が申し訳なさそうに眉を下げる。

「ほとんど毎日行っています」

「一か月も前の利用で、その後も毎日のように利用されていて、清掃も欠かさず行われている。これじゃ無理ですよ。証拠が見つかるはずもない」

「畜生っ」

怒りに任せて地面を蹴ると、社員の男がびくっと肩を跳ね上げる。

「すみません。悪気はないんです」

なぜか綿貫が謝った。

こうなったら、佐藤の自宅マンションしか望みはない。残された鑑識課員たちがなにか手がかりを見つけてくれていればいいが。

「戻るぞ」

「無駄ですよ。なにか見つけていれば、連絡が来る」

打越がポケットからスマートフォンを取り出してみせる。連絡がないので進展もない、ということらしい。

「それでも戻るんだよ！」

「怒鳴らないでください。感情的になったところで、証拠が見つかるわけじゃない」

打越が鬱陶しそうに自分の耳に指を突っ込んだ。

「とりあえず楯岡さんに連絡します」

綿貫がスマートフォンで電話をかけ始めた。

ここで苛立《いらだ》ちを爆発させたところで一歩も前進しない。そもそも筒井たちが急いで戻ったところで、鑑識の邪魔にならないように待つだけだ。なんの役にも立たない。

落ち着け。落ち着け。

落ち着いて考えろ。

佐藤の部屋の様子を思い出せ。髪の毛や皮膚組織は鑑識が探してくれている。そうでない観点から、謎山の痕跡を見つけられないのか。このままでは佐藤を逮捕できず、帰宅させることになる。

謎山の死亡当日にサロン会員のＩＣカードを使ってカーシェアを利用しているのはほぼ確実で、自宅には犬も飼っていないのにペットケージがあった。あまりにも不自然な状況だ。佐藤はぜったいにやっている。謎山解を殺している。

なのにこのまま野に放つしかないのか。

無念さにぎゅっと目を閉じたそのとき、まぶたの裏を閃きがよぎった。

筒井は弾かれたように顔を上げる。

「もしかして……」

確信はない。だが、可能性はある。

「やっぱり急いで戻るぞ！」

誰にともなく宣言し、走り出した。

「筒井さん！　どうしたんですか！」

追いかけてくる綿貫の声に反応する余裕すらなかった。

7

「お仲間から吉報は届きましたか」

佐藤が口角を持ち上げ、絵麻は自分でも『怒り』と『嫌悪』の微細表情を浮かべてしまったのに気づいた。

それが佐藤にも読み取られてしまったようだ。

「逆……だったようですね」
綿貫から連絡が入ったので、ふたたび席を外して取調室を出ていたのだった。ている。
ノートパソコンに向かっていた西野が、身体をひねって不安そうにこちらを見つめている。
絵麻は大丈夫という感じに頷き、椅子を引いた。
「横山和哉《かずや》という男を知ってる？」
「横山……さあ、知りません。誰ですか」
嘘だ。頷きのマイクロジェスチャーが出ている。だがそれを指摘しても認めないだ
ろう。
「あなたのオンラインサロンの会員で、先月五日に行われたセミナーに参加している」
「そうだったんですか。でもあのときの参加者は……たしか五百人を下らなかったと
思います。さすがに一人ひとりの顔と名前は一致しません」
とんだ猿芝居だが、無視して続けた。
「その横山という男が、イベント当日にスマホと財布をなくしている。けれどその日、
横山のスマホから代官山のカーシェアステーションの車に利用予約が入り、車が使用
されていた。横山自身はイベント終了後も数時間、会場付近でなくしたスマホと財布
を捜し回ったものの、見つからずに諦めて帰宅した。ところが翌日に警察から落とし

物の連絡が入って、二日後にはスマホも財布も無事に手もとに戻っている。財布の中の現金は無事で、スマホも使用した形跡がなかったことから、誰かに悪用されたとは思わなかったみたい。ところが私の同僚からの連絡を受けて確認してみたら、カーシェアのアプリが利用されていたことがわかった。何者かが、先月五日の夜、つまり持ち主がスマホをなくしていたときに、カーシェアサービスを利用していたの。ナイトパックでおよそ三千円の利用料金が、クレジットで請求されていた」

「それは気の毒ですね。でも、そういった経緯なら被害額が三千円で済んで幸運だったともいえる」

「でしょう？　数十万数百万の不正利用なら、いや、数万円でも不正利用されたら気づく。でも、三千円だと見過ごしてしまうかもしれない。カーシェアなら店員と顔を合わせることもないから誰かに顔を覚えられる心配もない。ちょっとしたスペースを活用するオーナーが多いので大きな駐車場みたいに、ステーションに防犯カメラが設置されていない場合もある。そして一か月も経って車内をくまなく捜索したところで、すでに多くのほかの客に利用された後だから、あなたや、謎山の痕跡はすっかり消えている」

「僕なら、まずはその横山という人物の発言の真偽を疑いますが」

「そうね。でも当日、横山はスマホを探していろんな場所を探し歩いているから、目撃証言も多い。裏取りする必要はあるけど、たぶん嘘はついていない」

「そしてやはり僕を疑うのですか」

佐藤が不服そうに眉をひそめる。だが口もとは笑っていた。

「非常扉まで謎山さんの遺体を運んだあなたは、いったん一人で外に出て、カーシェアステーションから横山の名前で予約していた車を自宅マンションの近くまで移動させる。それから遺体を車に積み込み、大田区池上の謎山さんのマンションへと車を走らせた。マンションに到着してからは、さっきも話した通り」

佐藤が長い息を吐き、肩をすとんと落とす。

「いい加減にしてくれませんか、楯岡さん。非常に豊かな想像力をお持ちのようだが、あなたがおっしゃっているのは、ただの憶測です。認知的整合性理論。あなたもご存じですよね」

「ええ。知ってる」

「人間はさまざまな事実を、都合よく結びつけて自分の望むようなストーリーを作り上げる。多少の矛盾に目を瞑りさえすれば、意外なほどどんな物語でも出来上がるものです。偶然に何度か出会った相手に運命を感じるというかわいらしい『合理化』もあれば、犯罪と特定の国籍を結びつけて人種差別思想につなげる危険極まりない『合理化』もある。いま、あなたが行っているのは後者です。権力の側に立つ人間が、いち市民を逮捕したいがために都合よくストーリーを作り上げている。重要なポイントは――」

そこで佐藤は立ち上がり、真っ直ぐに絵麻を指差した。

「僕が謎山さんを殺したことを示す物証は、一つたりとも存在しないということです」

絵麻は声すら発することができずに、人差し指を見つめた。

ふふっ、と佐藤が頬を緩める。

「そもそもが別件の事情聴取ですよね。肝心の広瀬さんのほうはどうなんですか。家宅捜索に入った結果は」

「オンラインサロンの名簿は、入手した。ただし名簿には三千人ほどしか名前が掲載されておらず、広瀬は逃亡して行方をくらませている」

広瀬の家宅捜索に入った捜査員からの報告だ。

佐藤は鼻に皺を寄せる。

「だったら一刻も早く、広瀬さんの身柄を拘束するのが先決だと思いますがね。僕にあらぬ疑いをかけるよりも」

佐藤がふうと息を吐く。

「名簿に載っている人数がすべてだと思います。メンバーは三万人もいない。組織を大きく見せるために、数字を偽ったのでしょう。本当に三万人もいて、全員が十冊も二十冊も本を購入しているのなら、一冊あたりの売上はもっと伸びている。ミリオンセラーだって出ていてもおかしくない。けれど実際には五十冊出してようやく三百万部。計算が合わない。あの人は、広瀬さんは、そうやって平気で嘘をつき、他人を利用しようとする人なんです。あの人のほうがよほど危険です」

「あなただって広瀬を散々利用した挙げ句、いまあっさりと切り捨てようとしている」

「心外ですね。僕は捜査に協力しているだけです。広瀬さんの作為によって、殺人事件が起きているのでしょう？　実際に何人も亡くなっている」

「得意の論点ずらしね」

「違います。僕は人を殺していない。殺人事件は存在しないんです。謎山さんについては事故死として処理されている上、他殺を示す物証がいっさいない。状況証拠……いや、状況証拠ですらない、そのように思える要素を強引に結びつけ、『合理化』しているだけです。しかもなため行動だとかマイクロジェスチャーだとか、証拠能力のまったくない、本当に表れているかすら証明できないしぐさを根拠に、僕が嘘をついていると責め立てる。どう考えてもおかしい。こんな取り調べを行っていることが世間に知れたら、大問題になりますよ」

　絵麻は無表情に佐藤を見上げ、口を開いた。

「謎山さんの手足を拘束するのに使っていたのはロープ？　それとも手錠？　あるい

は粘着テープ？」

「まだいうんですか」

佐藤があきれたように息を吐く。

「答えて。謎山さんの拘束に使っていた道具はなに」

「そんなものはもうない！」

なだめ行動なしに断言された。

「もう？」

絵麻の指摘に、佐藤がはっと目を見開く。

「変な言い方になってしまいました。そんなものはない。謎山さんを拘束した事実などないのだから、ロープも粘着テープもないんです」

頬を触るなだめ行動。佐藤が謎山を拘束していたのは間違いない。

だが証拠は残っていない。処分したのだろう。

佐藤が腕時計に目をやった。

「そろそろいいですか。一つ目の打ち合わせはキャンセルせざるをえないが、二つ目についてはいますぐに出れば間に合う」

「待って」

デスクから離れようとする佐藤を呼び止めた。

佐藤が鬱陶しそうに振り返る。

「なんですか。まだなにかあるんですか。最初に申し上げましたが、僕の時間は安くない。時給に換算すれば、おそらく数十万円。今回の事情聴取だけで、百万円以上の損失です。警察がそれを補填してくれるわけではないですよね」

そこまでは厳しい口調だったが、「ただ」と表情を和らげる。

「申し訳ないとは思っています。僕のオンラインサロンのメンバーが殺人あるいは殺人未遂を犯したのは事実だし、ご指摘の過去の三件の通り魔殺人事件についても、本当にうちのサロンのメンバーが犯人なのだとしたら、痛恨の極みです。メンバーの名簿は捜査に役立てていただいてかまいませんし、もしもおっしゃる通り、そこに広瀬さんの作為があったとしたら、遺憾に思います。知らなかったとはいえ、監督責任を問われても仕方がない。オンラインサロンは解散します」

「政治家の答弁みたいね」

「負け惜しみですか。あなたから受けた不法な取り調べを、告発することだってできるんです。そうされないだけ感謝してください」

実際、負け惜しみだった。

確実に、やっている。

佐藤は謎山を殺害した。

佐藤のしぐさは、雄弁に語っているのに。

だが佐藤のいう通り、なだめ行動やマイクロジェスチャーは証拠になりえない。そこから物証の発見につなげられないと意味がない。

そして物証は見つからなかった。

佐藤は殺人の証拠を、完璧に隠滅していた。

これ以上、佐藤を追及する材料も、引き留める口実も見つからない。

「失礼します。楽しかったです。だが、小説は現実より奇なり、とまではいかなかったな。あなたより、僕の作り出した小説のヒロインのほうが優秀だ」

佐藤はにやりと笑い、取調室を出ていった。

「ちょっ……」

西野が席を立って追いかけるそぶりを見せたが、そぶりだけで終わった。

絵麻はがっくりとうなだれる。

負けた。

佐藤はぜったいにやっている。それは間違いない。一〇〇%の確信がある。だが、確信があるだけでは駄目なのだ。逮捕するには証拠が必要だ。その証拠に、辿り着くことができなかった。

「楯岡さん……」

西野の声も気遣わしげだ。

絵麻は西野のほうに軽く顔をひねった。

「ごめん。佐藤の犯行を証明するのは、無理かも」

無敵のエンマ様から発せられた聞いたこともない言葉に、西野が絶句する。

息をするのもはばかられるような、重たい静寂が訪れた。

だが、その静寂はすぐに、スマートフォンの呼び出し音によって破られた。鳴っているのは絵麻のスマートフォンだ。

液晶画面を確認すると、綿貫からだった。

『応答』をタップし、スマートフォンを耳にあてる。

「た、楯岡さん！」

つんのめるような第一声に続く綿貫の話を聞いて、絵麻は全身の産毛が逆立つのがわかった。

8

「待ちなさい！」

絵麻は大声で叫んだ。懸命に走ってきたせいで、その後の言葉が続かない。

背後から西野が追いついてくる。

警視庁本部庁舎の正面玄関だった。出入り口に逆光で浮かび上がっていた佐藤の後ろ姿のシルエットが、ゆっくりとこちらを振り向く。

「なんですか、いったい」

「まだ……話は、終わって……」

終わっていない。息が乱れて最後までいえない。

西野も壁に手をつき、咳き込んでいる。

「いい加減にしてくれませんか。あなたたち安月給の公務員とは違って、僕の時間は貴重なんです」

いい終えて背を向けようとする。

「物証が見つかった!」

乱れた息の狭間《はざま》から叫んだ。

佐藤の視線がこちらに戻ってくる。

「あなたは、謎山解の自宅マンションに出入りしていた。それを示す、決定的な証拠が見つかった」

ようやく息が整ってきた。

ほう、と声に出さずに佐藤が口をすぼめる。

「なんですか」

「本。文芸誌」

ふっ、と笑われた。

絵麻は続ける。

「謎山さんの自宅マンションには、取り引きのあった出版社から毎月、文芸誌が送られていた。ところが亡くなった謎山さん宅からは、二年半前の九月号以降の文芸誌がいっさい見つかっていない。その文芸誌が、あなたの自宅の書斎の本棚に並んでいた」

「そんなことですか」

佐藤はうんざりとした様子でかぶりを振った。

「あなたの同僚は、ちゃんと本棚を確認したのでしょうか。うちの本棚に、謎山さん宅に送られていたのと、同じ文芸誌があったのが証拠ということですよね」

「そう。二年半前の九月号以降」

「それだけでなく、二年半前の八月号以前の文芸誌も、あったと思うのですが。『小説春夏秋冬』『小説ダイヤモンド』『小説旅人』『小説波濤』、そして『小説稿栄』。すべて以前から購読している文芸誌です」

「嘘」

佐藤がふうっと長い息を吐き出した。

「そういうの、もうやめませんか。なだめ行動やマイクロジェスチャーは証拠にならないし、楯岡さんが本当にそれを見抜けているのかも――」

「違う」と絵麻は遮った。

「あなたには、首もとを触るなだめ行動も視線を逸らすマイクロジェスチャーも出ていた。けれどそれが根拠じゃない」

佐藤が眉根を寄せる。

「あなた、本当は文芸誌なんて読んでない」

「読んでます」

「嘘だ。読んでいない。謎山さん宅から持ち帰った文芸誌を、封筒から出してそのまま本棚に突っ込んでいた。処分してしまえばよかったのに、わざわざ保管しておいたのは、シリアルキラーにとっての戦利品みたいな意味合いだったのかしら。謎山解あてに送られてくる文芸誌を自分のものとすることで、自分が『トリックマスター』になったかのような気分を味わっていたの？　それとも犯行を追体験していたの？」

「またそういった憶測を……あなた、大丈夫ですか。医者にかかったほうがいいんじゃないですか」

「戦利品をカムフラージュするために、古書店などで二年半前の八月号以前の文芸誌を買いそろえ、謎山さん宅から持ち帰った九月号以降と並べた。そういうことでしょう。文芸誌は読んでいない」

「読んでいます」

「嘘！　読んでない！」

佐藤がうんざりとした顔になる。

だが佐藤がなにか言葉を発する前に、絵麻はいった。

「あなたの家の本棚に並んでいた文芸誌に、送付状が挟まれていた」

「送付状？」

眉をひそめる佐藤には、その意味すらわからないらしい。

「作家のもとに送られてくる文芸誌には、編集者が送付状を挟む場合があるそうね。二、三行のメッセージと編集者の名前が印字されただけの簡素なものらしいけど、あなた、見たことないの？」

佐藤の顔に出会ってからいちばんの『驚愕《きょうがく》』が表れた。

「知らなかったみたいね。業界での評価が低いあなたは、これまで文芸誌での連載を依頼されたことがなかった。だから文芸誌の見本が、自分あてに送られてきたこともなかった。ほかの作家を敵視して横のつながりを持とうともしなかったため、献本をされたこともない。だから送付状や著者謹呈の票が挟まれている可能性を考えなかった。謎山解宛てに届いた文芸誌を一度でも開いたならばすぐにわかったはずだけど、あなたはそれすらしなかった。だって文芸誌には原稿が載るだけで『評価』は載らないから」

絵麻は綿貫から報告された内容を伝えた。

「あなたの書斎の本棚に保管されていた『小説稿栄』から、その送付状が出てきたんだって。おかしいわよね。あなた、文芸誌を購読している……って、間違いなくそういったわよね。購読ということは、書店なりネットなりで購入して読んでいる。当然だけど、販売されている文芸誌には編集者からの送付状なんて挟まっていない。あなた、送付状の挟まった文芸誌をどこから手に入れたの？　ましてや、あなた自身が二度と仕事をしないと宣言した、稿栄社発行の文芸誌を」

「それは……」

絵麻は手の平を向け、佐藤の話を遮った。

「弁解なら取調室で聞くわ。西野」

「はいっ」

佐藤に駆け寄った西野が、佐藤の腕をつかむ。

佐藤は呆然として、抵抗することすら忘れたようだった。西野に誘導され、絵麻のもとに近づいてくる。

そして隣を通過しようとしたとき、絵麻はいった。

「稿栄社の須磨さんからの伝言、忘れてたわ」

佐藤が顔を上げる。すっかり血の気が引いて、目からも力が失われていた。

「またいつか、一緒に本を作りましょう。いますぐでなくてもいい。いつか」

絵麻の言葉に反応して、佐藤が小さく口を開く。かすかに息を吸う気配がした後で、急に立っていられなくなったかのように、その場に崩れ落ちた。

9

「乾杯！」

絵麻の持ったジョッキに、西野、筒井、綿貫がジョッキをぶつけてくる。

「ぷはー。うんめえ」

早くもビールを飲み干した西野が、厨房に向けて空のジョッキを掲げる。

「すみませーん。生大おかわり！」

「おれのぶんも頼むわ」

綿貫もジョッキを空けたようだ。

「やっぱ生大二つ！」

西野が片手に空のジョッキ、もう片方の手でピースサインを作る。

「おれも」

筒井もおかわりを要求し、ピースサインが三本指に変わった。

「ごめん。生大三つ！」

そういった後で、絵麻を振り返る。

「楯岡さんは？」

「無理無理。そんなに飲めないし」

なんなんだ、このウワバミ三人組は。

「結局いくつなの？　三つ？　四つ？」

近づいてきたエプロン姿のおふくろさんといった風情の店員が、西野に確認する。

「三つ、いや四つ」

「なんで四つなのよ。飲めないっていったでしょう」

絵麻は西野を肘で小突いた。

「やっぱ三つ」

「いくつでもいいからはっきりして」

おふくろさんが眉根を寄せて急かしてくる。

「じゃあ四つで。楯岡さんが飲めなかったら僕が飲むから」

「四つでいいのね」

おなしゃす、にしか聞こえない「お願いします」とともに、空のジョッキを返した。
四人がいるのは、ニュー新橋ビル地下にある居酒屋だった。絵麻と西野が横に並び、筒井、綿貫と向き合うかたちでテーブルについている。絵麻と西野の二人のときは事件が解決すると、新橋ガード下の居酒屋で祝勝会を行うのが恒例になっているが、今回は筒井と綿貫も参加したいといい出した。いつもの店はカウンターしかないため、筒井行きつけのこの店にしたのだった。

有線放送の演歌チャンネルが流れる店内は洗練とはほど遠く、昭和にタイムスリップしたかのような郷愁を感じさせる。そこが逆に新鮮ということだろうか。店内はかなり賑わっていて、若い女性客の姿も見受けられた。

「でもほんと、よかったですね。佐藤は犯行を自供したし、過去二年の間に発生した通り魔殺人の犯人も全員捕まえたし」

西野がモロキュウを味噌《みそ》につけながら頷く。

広瀬真沙代宅から押収した佐藤青南オンラインサロンの名簿をもとに、熱心にイベントに参加している会員から調べていったところ、三件の通り魔殺人事件の犯人は全員がオンラインサロンの会員だと判明した。まずは一年半前の江東区東砂で発生した事件の犯人を逮捕し、続いて八か月前の品川区南大井事件の犯人を逮捕、すると、二年前の渋谷区幡ヶ谷事件の犯人は、自ら名乗り出てきた。

三人とも広瀬による佐藤青南名義のメルマガを読み、アンチを排除しようと考えて犯行に及んだという。犯行の手口についても、先に逮捕した岸と同じように、佐藤の『心理学刑事・築山みどり』シリーズ三作目『殺意のダイス』に登場した乱橋という犯人の行動をなぞっていた。佐藤青南によれば、この『殺意のダイス』という作品を代筆したのが、広瀬真沙代だったらしい。

境界性パーソナリティ障害特有の『ためし行動』。つねに心に空洞を抱える境界性パーソナリティ障害の人間は、相手の愛情をためすために自傷したり暴力を振るったり、無茶な要求を突きつけたりする。広瀬はおそらく、会員にアンチを攻撃させることで、オンラインサロンへの忠誠心をためしていた。本来ならば個人的な自傷や暴力・暴言で済んだはずが、佐藤のカリスマ性を手に入れたことで要求が過大になったのだろう。

「よくはない。結局広瀬を捕まえることはできなかったんだ」

筒井が苦い物を嚙んだような顔をする。

「そうですけど。でもかりに身柄を確保できたとしても、広瀬を起訴するのは無理だったわけですし」

どうですか、と意見を求めるように、綿貫がこちらを見る。

「でしょうね。直接の指示はいっさいなかったし、犯行の手口についても、フィクシヨンを参考にしたというのでは……」

絵麻が渋い顔になったのも、ビールの苦みのせいだけではない。

家宅捜索の際に逃走した広瀬真沙代の行方は、いまだにわからないままだ。綿貫が指摘したように、かりに身柄を押さえられても、逮捕には至らなかっただろう。それでも、広瀬の作為はあったのか、どこまでが計算だったのか、ほかにも被害者がいるのかなど、事件の全容を解明する機会は失われた。もっとも、事情聴取に応じたとしても、広瀬がありのままを告白したとは思えないが。

広瀬については、捜査本部は連続通り魔殺人での立件を諦めたものの、引き続き捜索を続けることになっている。彼女の周囲で過去にいくつかの不審死があったことが判明したためだ。おそらくは過去を暴かれるのを恐れ、逃亡したのだろう。

四つの大ジョッキが運ばれてきた。あらかじめ注文していた刺身の盛り合わせ、焼き鳥盛り合わせの皿も並ぶ。

「広瀬についても後味の悪さが残りますけど、連続通り魔殺人事件とミステリー作家殺しの犯人は捕まえたし、ひとまずの区切りはついたということで」

三人がふたたびジョッキを合わせる。

そして西野がすぐさまジョッキを空けた。

「あきれた。どんだけのペースで飲んでるのよ」

絵麻は焼き鳥の串から箸で肉を削《そ》ぎ落とす。

「おまえ、そんな上品な食い方してたか」

筒井が覗き込んできた。

「上品じゃないです。楯岡さんは野菜が苦手なんで、ネギマのネギをはずして肉だけ食べるんです。むしろ行儀悪いんです」

西野は顔を赤く染めて上機嫌だ。

「余計なこといわなくていい」

「おれ、やりましょうか」

綿貫が手をのばしてくるので、「いい。いい」と断った。

「ネギマの肉だけ食うなんて、変わったやつだな」

筒井は頬杖をつき、あきれたように肩を揺する。

「変わってますよね。ネギマはネギと肉を一緒に食べるからこそ美味《うま》いのに。ねえ、楯岡さん。僕と楯岡さんはネギマですよね。僕がネギで楯岡さんが肉……いや、僕が肉で楯岡さんがネギ……？　どっちだ？」

いっきに大ジョッキを二杯空けた上に、事件解決の解放感からか、西野は早くもろれつが怪しくなっている。

「どっちでもいいわよ。あんたの好きにしなさい」

「じゃあ僕が肉、楯岡さんがネギでお願いします」

「はいはい」

絵麻は串から外した肉を口に運んだ。

「西野と楯岡さんもだけど、最近では筒井さんと楯岡さんも、良いコンビになってきたんじゃありませんか」

綿貫が筒井と絵麻を交互に見る。

「は？」と絵麻と筒井の声が重なった。

「そうそう。良いコンビでした」

西野が大きく頷きながら同意する。

「筒井さんが証拠を集めて、楯岡さんが吐かせる。とくに今回は、どちらが欠けても事件は解決しなかったと思います」

綿貫が刺身の盛り合わせの皿からマグロの赤身を箸でつまみ、小皿の醤油《しょうゆ》につけて口に運んだ。

「いやいやいや」と絵麻と筒井は同時に手を振った。

「今回はどう考えてもおれだろう。佐藤が殺した相手は謎山だと指摘したのも、文芸誌に挟まれた送付状に気づいたのも、おれだ。楯岡がいなくたって、おれ一人で解決できた」

「よくそんなことがいえますね。そもそも佐藤が誰かを殺していると気づいたのは私だし、たとえ物証を突きつけたところで、あのサイコパスを落とせる取調官はそうそういないと思いますけど」

「いいや。おれが取り調べていれば、もっと簡単に落ちた」

「それをいうなら私が聞き込みに出ていれば、もっと決定的な証拠を見つけられました。文芸誌の送付状だなんて、あんな乏しい証拠しか見つけられないなんて取調官泣かせもいいところです」

「そんな乏しい証拠だって、現場を軽視しているおまえにゃ見つけられなかったと思うがな。刑事《デカ》ってのは結局現場なんだよ。現場百遍。何度も何度も現場に足を運んで——」

「はいはい、わかりました。私が佐藤を落としたんだけど、物証を見つけてきた筒井さんもそこそこ貢献はしています。その点は認めるから、かび臭い上に長ったらしい昭和の刑事話は勘弁してもらえますか」

「なんだと！」

「まあまあ、筒井さん。無礼講ですから」

綿貫が筒井の肩に手をおいてなだめる。

「こいつはいつも無礼じゃないか。だいたい、そこそこ貢献ってなんだ、そこそこって」

筒井は口をへの字にしながらビールを呷り、大ジョッキを空にした。

文芸誌に挟まれた送付状の事実を突きつけ、取調室に引き戻した後の佐藤は、素直に犯行を自供した。

しぐさが物語っていた通り、佐藤は文壇での評価を欲していた。デビュー後三作を刊行したものの執筆依頼がなくなり、しかたなく始めたカルチャーセンターの小説講座の講師だったが、もともとの才能に心理学の学習によって獲得した知識が加わり、思いがけぬ適性を発揮し、受講生を増やしていく。独立して自分の小説講座を持ってからは生活も安定したが、作品を評価されたいという思いは変わらず、佐藤が満たされることはなかった。

受講生だった広瀬真沙代から講座のオンラインサロン化を提案されたときにも、金が欲しかったわけではなかった。まず「売れる」作家として、文壇も無視できない存在感を手にしようという目論見があった。かねてから自分の作品への評価が不当だと感じており、その原因は、作品の売れ行きが悪いためだと考えていた。売上と作品の評価が別物だとはいうが、結局のところ、売れている作品しか評価されていないじゃないか。売れていない作品は、評価の俎上《そじょう》にすら載れないじゃないかという、嫉妬や怨嗟の入り混じった複雑な感情があったと、佐藤は供述した。

だがいざ「売れる」作家になってみても、文壇から無視される状況は変わらなかった。むしろオンラインサロンの新興宗教的な気味悪さだけがクローズアップされ、同業者から商法を批判されることはあっても、作品の内容について言及されることはなくなった。佐藤は盲目的に信奉してくるオンラインサロンの会員からちやほやされるほど、自分の求めていた成功と違うという思いが強まり、虚しさが募ったと語った。

広瀬から謎山のことを聞かされたのは、そんなときだった。オンラインサロンの運営を一手に引き受けていた広瀬が、オンラインサロンを私物化し、メルマガで会員をけしかけて、アンチを攻撃していたことには気づいていた。だが止めるつもりも、その必要も感じていなかった。境界性パーソナリティ障害の広瀬を操縦する上で、外敵を作ってガス抜きさせることが必要だった。いずれ問題が顕在化したところで、自分が裁かれる恐れはない。

あの謎山解もか、と佐藤は落胆した。業界で有名な『トリックマスター』も、作品の内容には言及してくれず、商法の批判しかしない。もはや佐藤青南という名前で刊行された作品が正当に評価される日は来ないのかもしれない。

そこでふと、佐藤は考えた。

佐藤青南という名前を使わなければいい。業界で評価の高い謎山名義で作品を発表できれば、正当な評価が期待できる。

そう考えると、萎《しお》れていた創作意欲が湧いてきたのだという。

「事件は解決したけど、佐藤の思うつぼといえば思うつぼですよね。ちょっと腹立ちますけど」

西野が三杯目のジョッキをテーブルに置く。

「たしかに、あんだけ話題になって売れてるってのは、なんか負けた感があるな」

筒井も複雑そうな表情で腕組みをした。

謎山解の十年ぶりの新作にして遺作ということでもともと売上好調だった『空中迷宮殺人事件』だが、実は別人の手によって書かれたものだった、しかも作品を書いたゴーストライターによって、謎山解は殺されていた、という事実が報道され、いまや社会現象といえるほどの大きな話題になっている。小説としては近年にないベストセラーで、二百万部に迫ろうかという勢いらしい。

「佐藤に印税が入ることはないとはいえ、悔しいですね。というか、殺人犯が書いていたと知って、そいつが書いた小説を読みたくなるなんて、人間に失望しそうになります」

綿貫が眼鏡を直しながら唇を引き結ぶ。

「人間ってのは、そもそも下世話できったねえものなんだよ」

筒井は枝豆をかじりながら顔をしかめた。

「楯岡さんはどう思いますか」

西野がこちらに顔を向ける。

「案外、佐藤は今回の結果にがっかりしていると思う」

「これだけ話題になっているのに？」

綿貫は不思議そうだ。

「売れることも、話題になることも、佐藤の本当の望みではなかった。謎山解の名を借りて佐藤が書いた作品だった、しかも謎山を殺したのは佐藤だったという事実が明らかになって、本は爆発的にヒットしているけど、作品がフラットな目線で評価を下される機会は永遠に失われた」

「楯岡のいう通りかもしれない。経済的な成功なら、佐藤はとっくに手にしていたわけだしな」

ふむ、と筒井が顎を触る。

「それもそうだ。あの作品を純粋に内容だけで評価できる人って、少なくとももう日本にはいませんね」

西野はジョッキを持ち上げ、ごくごくと喉を鳴らした。

「でも結局、そうなってくると、作品というのは作品にまつわるストーリー込みで一つの作品ってことになるから、佐藤の考え方も間違ってはいなかった……ということになります。評価ってなんなんでしょうか」

綿貫がやや腑に落ちない様子で唇を曲げる。

「人間の主観ってのは曖昧なものだから、前評判とか、先入観に左右されないっていうのは難しい。だから他人の評価を目標にすべきじゃないんだ。自分の作りたいものを作って、自分を満足させられれば、それで成功ってことでいいんじゃないか。なにが真っ当でなにが不当かなんて、わかりゃしないんだからな」

筒井が綿貫の肩を叩く。

「なんかいまの発言、ちょっと楯岡さんみたいですね」

西野の指摘が気に食わないらしく、筒井が不服そうに眉根を寄せる。

「なんでおれがいいことといったら、楯岡みたいってことになるんだ。いまのはおれが考えた、おれの言葉だ」

「でもいかにも楯岡さんがいいそうです」

西野がいい、綿貫も頷く。

「なんでおまえまで頷いてるんだよ」

筒井が綿貫の頭を軽く叩いた。

「しかし言い方悪いけど、稿栄社にとってはラッキーでしたね。謎山解の遺稿ってだけでも話題だったけど、佐藤の事件がなければ、あの作品がここまで売れることはなかっただろうし」

西野が複雑そうな顔で枝豆をかじる。

「ラッキーはラッキーだけど、あの編集者、たぶん謎山解が書いてないって気づいてたんじゃないかしら」

「えっ？　あの須磨という男ですか？」

綿貫が目を見開いた。

「たぶんね。『空中迷宮殺人事件』の評判を訊ねたときに話をはぐらかしていたし、謎山さんもきっと天国で喜んでくださっているでしょう、というときに、視線を逸らすマイクロジェスチャーが出ていた。佐藤名義で刊行された作品を読んで、それが佐藤自身の筆でないと気づいたように、謎山の原稿も本人の筆でないと、薄々勘づいていた。けれど、須磨にとって重要なのは、すぐれた作品ではなく、謎山解というブランドだった。謎山解の名前で出しさえすれば本は売れるから、あえて真相を探ろうとしなかった」

「まさか。実は佐藤が書いていた……ってことも？」

西野がぽろりと枝豆を落とす。

「さすがにそのときにははっきり気づいていたことはないだろうけど、佐藤逮捕の報せ《しら》を聞いて、やっぱり、というぐらいには思ったかもしれない」

「怖っ。それならあの言葉の意味も変わってくるじゃないですか」

西野が自分を抱くようにしながらいうのは、稿栄社を辞去する際に須磨が発した言葉だろう。

——もし青南さんに会うことがあれば、またいつか、一緒に本を作りましょうと伝えてくれませんか。いますぐでなくてもいい。いつか。

「あの男なら、嬉々として面会に行って獄中出版を持ちかけるかもね」

「出版業界っていうのは恐ろしいですね。魑魅魍魎《ちみもうりょう》だ」

綿貫が愕然としたような顔になり、筒井が「どこも似たようなもんだろう」と鼻を鳴らす。

「マジかあ。編集者と作家の熱い絆《きずな》を垣間見たと思ったのに」

西野が悔しそうに空を殴る。

「かりに獄中出版で新作を出したら、また売れるでしょうね」

虚空を見上げる綿貫は、頭の中で電卓を弾いているようだ。

「売れたところで佐藤は檻の中だ。金はあっても使い途がない。それに、結局そういう売れ方だとやつが人を殺してまで欲しがった評価は手に入らない。やつがやつである以上、もう無理なんだ。きちんと作品を評価してもらえる機会は、一生ない」

筒井も少し酔いが回ってきたのか、頭がゆらゆらと揺れている。「ちょっと小便行ってくるわ」と席を立ち、筒井が戻ってきたら、今度は綿貫がトイレに立った。

やがて綿貫も戻ってくる。

「ちょっとこれを見て」

絵麻は自分のスマートフォンの画面を、男たちに見せた。

そこに開いてあるのは、ポータルサイトに載せられた『空中迷宮殺人事件』の書評だった。

綿貫が見出しを音読する。

「天才と呼ばれたミステリー作家の晩節を汚した駄作……かなり手厳しいですね」

「でもそれだって、書いてるのが謎山本人じゃないとわかったからこその評価だろ」

「違います。これは発売翌日にアップされた、まだ佐藤が書いたものだと明らかになる前の書評です。この記事を書いたのは、臼井清志」

絵麻は液晶画面の『文／臼井清志』と表示された部分を指差した。

「臼井清志って、どこかで聞いた名前ですね」

西野が虚空を見上げる。

「忘れたの？　最初の取り調べのときに岸が話していた、佐藤が竿木賞にノミネートされない理由」

「あっ。佐藤とSNSで揉めたとかいう、大御所作家ですよね」

「そう。『さみだれの街』で竿木賞を受賞した、映像化作品も多数の大作家。佐藤は彼と揉めたのが原因で竿木賞にノミネートされないと、オンラインサロンの会員に話していた」

「そんなことといってたのか」

筒井が少しあきれたように笑う。

「さすが大御所作家。名前に惑わされずに客観的な評価を下したんだ」

西野が感心したように顎を引く。

「もともと口が悪くて、全方位に喧嘩を売るようなところがあったらしいから、どこまで客観的といえるのかはわからないけど。でもこの書評を発表した当初は臼井に批判が集中していたのが、事件が明るみに出たとたん、やはり臼井清志は見る目があると賞賛されているらしい」

絵麻がいい、筒井が鼻に皺を寄せる。

「世間ってのは調子が良いものだな」

「しかし佐藤は自分の名前を隠して作品を発表しても、やはり臼井清志に認めてもらえなかった……ってことか。これ読んだら塀の中で地団駄踏むでしょうね」

綿貫は少し佐藤に同情する口調だ。

「だから他人の評価なんて望むものじゃない」

筒井が刺身盛りの皿に箸をのばしながら話をまとめる。

「やっぱりそれ、いかにも楯岡さんがいいそう」

綿貫に指摘され、「だからなんでそうなるんだよっ」と唇を尖らせた。

「まあまあ、いいじゃないですか。事件解決一件落着ということで、また乾杯しましょう。すみませーん、生大四つ」

西野が手を口もとに添え、空のジョッキを持ち上げた。

10

遠くから制服警官がやってくるのに気づいて、広瀬真沙代はとっさにうつむいた。

制服警官は二人。ゆったりと自転車を漕ぎながら近づいてくる。

いまさら方向転換はできない。制服警官の目に留まり、職務質問されてしまう。

真沙代は思い切って顔を上げた。

そもそも指名手配すらされていないのだ。顔を見られたところで気にする必要はない。それでも自転車が近づくにつれ、鼓動が速まる。制服警官がちらりと横目でこちらをうかがったときには、心臓が口から飛び出すかと思った。

自転車とすれ違った。走り去る後ろ姿を振り返り、ふうと息を吐く。

そのときだった。

「広瀬真沙代さん、ですよね」

心臓が止まりそうになった。

なで肩からずり落ちそうなオーバーサイズのジャケットを羽織った、黒縁眼鏡の男が、卑屈そうな薄笑いを浮かべて立っていた。年齢的には真沙代と同じ三十代なかばか、もう少し上の四十歳前後だろうか。

終わった、と思った。顔見知りでもないし、ここは真沙代が住んでいた恵比寿のマンションからも遠く離れている。男は刑事に違いない。

だが、どうも様子がおかしい。

男は懐から名刺を差し出した。

「週刊、話題《わだい》……？」

名刺には〈亜細亜《あじあ》文芸社《ぶんげいしゃ》『週刊話題』編集部　畑中尚芳《はたなかひさよし》〉と印刷されていた。

「ご存じありませんか。コンビニにも並んでいる雑誌なんですが……もっとも、最近はコンビニに置かれる雑誌の数も減ったたし、置いてあったとしても、うちの雑誌が置いてある場所は、女性はあまり見ないかもしれませんが」

女性が見ない場所ということは、ヌードグラビアが載っているような男性向けの週刊誌か。

「知らないけど」

なんなんだ。週刊誌の記者がなんの用だ。

畑中はいった。

「あなた、どうして警察から逃げてるんですか」

背中が冷たくなった。

「なに。なんの話？」

「いや。だって、あなたが罪に問われることはありませんよね。佐藤青南オンラインサロンの会員を使ってアンチを排除した黒幕は、あなただ。だけど、警察はあなたを逮捕できない。感情的には罰したいだろうが、感情と法は別ですから。あなたは人を操って犯罪を遂行させたが、あなた自身が、法に触れるようなことはいっさいやっていない。警察は歯噛みしながらあなたを解放することになる」

言葉を失った。この男は、真沙代の素性を調べ上げている。

「人違いじゃないの。私は広瀬なんとかさんじゃない」

「いいえ、広瀬さんです。警察があなたに接触してから、私はずっとあなたの行動を監視していました」

全身が硬直した。

「なんなの。なんで私を……」

「あなたのことを調べました。あなた、オンラインサロンのメンバーには離婚したと話していたようですが、二十五歳年上の旦那さんとは死別していますね」

視界が大きく揺れた。

真沙代が弁解の言葉を見つける前に、畑中が続ける。

「旦那さんは自動車事故で亡くなっていて、あなたは五千万円の保険金を手にしています。その数年前にも、あなたは前の旦那さんを亡くしています。そのときも多額の保険金を手にした。だから警察から逃げ出して自宅に帰らず、偽名でホテル暮らしをしているのだと納得しました。あなたは過去に、旦那さんを殺した」

なにか話さなければと思うが、言葉が出てこない。そもそもこの男はいったい何者だ。なにが目的だ。

「警察に通報するの」

ようやくひねり出した言葉がそれだった。

「安心してください。そんなつもりはありません」

畑中が粘着質そうな笑みを浮かべる。

だが安心などできない。警察に突き出すつもりがないのなら、別に目的がある。

「神を信じますか」

畑中はいった。

「は？」意味がわからない。まさかこの期に及んで宗教の勧誘か。

「佐藤青南を失ったあなたに、新しい神を紹介します」

なにをいっているんだ。

茫洋とした畑中の瞳から、真意はうかがえない。

「遠慮する」

警察に突き出す気がないのなら、おそらくこの男自身もなにか後ろめたいものを抱えているのだろう。かかわり合いになりたくない。視線を逸らし、畑中の横を通り過ぎる。

が——。

「楯岡絵麻に、復讐したくはありませんか」

真沙代の歩みはぴたりと止まった。

振り返ると、答えは聞かずともわかっています、といわんばかりの笑顔が、そこにはあった。

本書は書き下ろしです。
この物語はフィクションです。作中に同一の名称があった場合でも、実在する人物・団体等とは一切関係ありません。

宝島社
文庫

行動心理捜査官・楯岡絵麻 vs ミステリー作家・佐藤青南

(こうどうしんりそうさかん・たておかえま ぶいえす みすてりーさっか・さとうせいなん)

2021年5月25日　第1刷発行

著　者　佐藤青南
発行人　蓮見清一
発行所　株式会社 宝島社
〒102-8388　東京都千代田区一番町25番地
電話：営業 03(3234)4621／編集 03(3239)0599
https://tkj.jp
印刷・製本　中央精版印刷株式会社

ISBN 978-4-299-01614-0